U0137828

阿 兰

[法]卡特琳娜·罗伯-格里耶 著
[法]艾曼纽·朗贝尔 作后记

邹 琰 潘文柱 译

湖南文艺出版社

图书在版编目（CIP）数据

阿兰/（法）卡特琳娜·罗伯-格里耶，（法）艾曼纽·朗贝尔著；邹琰 潘文柱译. —长沙：湖南文艺出版社，2024.3

ISBN 978-7-5726-1280-0

Ⅰ.①阿… Ⅱ.①卡… ②艾… ③邹… Ⅲ.①回忆录-法国-现代 Ⅳ.①I565.55

中国国家版本馆 CIP 数据核字（2023）第 219706 号

著作权合同图字：18-2023-208

阿兰

ALAN

著　　者：[法]卡特琳娜·罗伯-格里耶　[法]艾曼纽·朗贝尔
译　　者：邹　琰　潘文柱
出 版 人：陈新文
责任编辑：唐　明　张　璐
特约编辑：陈美洁
装帧设计：CANTONBON
出版发行：湖南文艺出版社
印　　刷：长沙超峰印刷有限公司
经　　销：新华书店
开　　本：889 mm×1194 mm　1/32
印　　张：5
字　　数：11 千字
版　　次：2024 年 3 月第 1 版
印　　次：2024 年 3 月第 1 次印刷
书　　号：978-7-5726-1280-0
定　　价：30.00 元

（如有印装质量问题，请与本社出版科 0731-85983015 联系调换）

阿 兰

CATHERINE ROBBE-GRILLET

EMMANUELLE LAMBERT

ALAIN

Ⓒ Librairie Arthème Fayard，2012

根据法雅出版社 2012 年法文版翻译

并获中文版出版授权

Cet ouvrage a bénéficié du soutien des Programmes
d'aide à la publication de l'Institut français.

本书获得法国对外文教局版税资助计划的支持。

目　录

木已成舟。

前　言

卡特琳娜·罗伯-格里耶

不，阿兰不是像他写过的那样死于肺炎，而是死于一次心脏病发作。有什么要紧呢？既然不管怎样他都死了。

不，阿兰不是《世界报》的订阅者。有什么关系呢？既然他事实上每天都看《世界报》。

不，阿兰不是因为对正式仪式不感兴趣才没有去参加热罗姆·兰东的葬礼，而是因为兰东的家人坚持要保持私密；阿兰只是在其葬礼过后才得知他的死讯。等等，等等。

这些小小的错误，对于他去的那个世界，有什么要紧的呢？这些记忆的伤痕，（健忘的）时光会无情地抹去，甚至也许连阿兰的存在和他"小小的工程"也会随之而去。然而，然而……

但是，我活着，在场且就在此刻①，此时此地。对我来说，问题不在于事实的伤痕，它们并不像看起来那么无关紧要，而在于仍然鲜活的回忆会被擦伤。

过去我们肩并肩走着走着，阿兰偶尔会用一只手在我肩上撑一会儿。我没有在意；然而，时间流逝，他的这个动作越来

---

① 原文为拉丁语（hinc et nuanc）。——编者注

3

越频繁，越来越沉重。

那天晚上，从一个餐馆走出来，我们必须穿过马约门广场才能回家。我们通常是从一个比较方便的地道穿过广场。阿兰怕那个必须要上的坡——尽管坡度很小，他更喜欢绕个圈。他比平常更重地撑在我的肩膀上，走上那条马路；我们数着步子前进；一走到一个可以扶的地方附近，他马上放开我，紧紧抓住那个支撑点喘口气……我们就这样在寒冷和夜色当中，默默地前进，从一个扶手走到一段围墙，从一段围墙走到一个桩子，越来越慢，停得越来越久。他没有抱怨，但是我看到我们到了一块开阔的地方，没有可以稍微休息的地方。广场的那一端在我眼中是那么远，那么远，不可企及。

我觉得阿兰要垮了，要倒在人行道上了。我想哭了。但是，慢慢地，一步一步地，我们终于——在多长时间之后？到了我们电梯的门前。这段缓慢行走的经历，我回忆起来无法不喉咙哽咽。阿兰有心脏病，他两个月以后就因为心脏病而去世了。不是因为肺炎。

即使这本书不是照着阿兰的生活临摹下来的，他的生活还是在其中占有分量；"受其影响"：受到他的身体、脉动、时代风气、广为人知的大事的影响，也受到那些小事、表面看起来没有意义的日常小事、私密的影响。我之所以要在那打开一道门，是想给我的行为一个理由。

那堆平常的事物和这本书有什么联系呢？比方说，一个栅栏床，《窥视者》和一大盆果酱之间有什么关系呢？也许什么关系也没有。我在犹疑中留下了这些生活的快照，这些生活的碎片，夫妻间的私事，"洗衣票"，就那么原原本本地，毫无等级区别地，让某个可能的传记作家去使用（如果他觉得有需要），去尝试给这些不可能有内在联系的东西找到假想的关联，也许这种尝试是徒劳的。

我本该尝试。于是就是这个了。

记事本

每年，阿兰和我都要买个人的记事本，小小的带有三季度备忘录的记事本。这么多年来，我们在使用记事本的方式上有分歧。他渐渐地把记事本丢弃了，不知道为什么就记下了几个约会，却又每个月都添加空白页，可以预料，它们会让以后的档案员感到绝望。

我的道路相反：1962 年秋天，我因为疲累在飞行中放弃了日记（这个日记之后以《新娘日记》出版了），也忽略了记事本。

但是，我又慢慢捡起了记事本，在记事本里不是记录将要发生的事情（这是一个记事本通常的作用），而是记录已经发生的事情，把记事本变成了一种越来越丰富的日记。因为我要控制自己，所以不想改变记事本的形式，最后我觉得自己的记事本越来越挤，就加了活页在里面，而且写的字越来越小。记得有个下午，在花神咖啡馆的露天座椅上，一个客人从我肩后俯下身，惊叫："您还能认得出吗？"（能，我能认得出。）

阿兰很快对自己在活页上记下自己短期承诺过的事感到很满意，不去提一年那么长久的事，因为那显然没有用。他并不操心；他也不需要为了肯定自己的存在而去确定每小时的进展，去用记日记的形式给这些时间赋予厚度。有什么用呢？他的书、他的电影已经比一系列的记事本更可靠地证明了他的存在，记事本在他眼里本来记的就是那些多少看起来无关紧要的事呢！

但是，无论是不是无关紧要，它们是我存在的血肉。我不想感觉自己的存在像指缝间的水一样流逝。

这是我很多朋友没有感受过的一种担心：他们很超脱地看着自己过去的生活逐渐地在自己的记忆中被抹去，在越来越模糊的视野中收缩，未来就缩成一个简短的墓志铭："生于……，卒于……。"

当我回首过去，我看到的只是羊绒似的无尽云浪，一片白色中耸立着几座山峰，如同裸露的鱼刺。如果不是记事本的内容使我的过去重新变得生动了，变得就在眼前，可以感知，我也会用这样的墓志铭；因为有了记事本，我可以在"生于……卒于……"那令人绝望的省略号之间，加上"活过"。

我仿佛手中拿着一团揉得皱巴巴的布，一旦展开便硕大无比，那些闪烁的快乐、悸动的爱情、意外的相会、兴奋的创作、激动的旅行、奇怪的隐私、夫妻的融洽，还有那小小的创伤和巨大的疲劳，以及平凡生活中静好的时光，都随着那一日日的安排，重新地活过来……还有……我和阿兰的生活，在这一千多张 6 厘米×9 厘米的纸上跳动。

这些纸张是生动而愉悦的——如果已经知道一次历险的结局，那么从头开始去重新经历那些波折是件让人愉快的事。此外，它们也有自己的用途：可以作为证据来更正某些事实错误（参见《骨灰》），或者像之前那样，准确地回答关于阿兰的实际问题——我再说一次，阿兰不关心建立任何时间线需要记录的要素，哪怕只是关于他的旅行："我们什么时候环游世界的？""我们去柬埔寨是什么时候？"（为了《致疯的喧嚣》的选景）要么是另一类型的问题："我们哪天雇的居伊（园艺师）？""F. 德·格罗苏弗尔那时陪着密特朗吗？（那是在纽约，我们在一个时髦的餐厅里邀请他进晚餐）"等等。

要是没有我的"小小笔记本"的帮忙，冈城举行的纪念阿兰八十岁展览的目录，就会很难编订。（我对此可是非常自豪的！）

事实上，我本来会是阿兰·罗伯-格里耶的小小传记作家的；就只是在他生命的最后几年差了一点点，我那时在他远行的时候没有再一直陪着他。

我死之后，我的这些珍贵的记事本将会送到法国当代出版纪念协会（IMEC）罗伯-格里耶档案馆。从 1998 年起我就知道这些记事本将会被存档，阅读，评注，利用，甚至可能出版。尽管如此，我和"之前"一样继续记录，并不会给它们加糖缓冲、穿上遮羞布。

婚　戒

　　我的公公在他兄弟的一个杂物箱里找到了两个丢弃的婚戒。一个婚戒对阿兰的左手无名指来说太紧了；没办法，他把它移到了右手无名指。另一个要根据我的左手无名指重新打磨，我那时已经戴了一个戒指；干活的时候，两个戒指让我觉得不方便，我选择继续戴原来的戒指。

档　案

有没有档案，这是个问题。回答显而易见，阿兰在我们家顶楼布置了一个带壁柜的房间，称之为"档案室"。

但是，保留什么，根据什么标准，就是接下来的问题。

回答：一切都可称为档案；从广义上来说，每个物品，都可以被认为是形成中的档案。一张从菲施巴赫到纽伦堡的普通火车票，阿兰1943年用它回到他在纽伦堡的工作营地，谁会想得到这张火车票会在一个关于占领时期法国作家的展览中拥有地位，从冈城走到纽约，又从纽约漫步到巴黎呢？根据这种观点，一切都可保留；这种解决方法有两个好处：要谨慎对待未来，同时又可以避免对选择、选择后果的焦虑，避免去分类整理（罗兰·巴特肯定会宣称，"告诉我你怎么分类，我就可以告诉你是什么样的人"）。不过这种方法很快会面临困境，因为档案具有无限的潜力，而可能用的空间却并非如此。

以这些真理为前提，那阿兰和卡特琳娜是怎么解决棘手的问题呢？

阿兰对档案有很明晰的观点：档案仅限于纸上的书写。这样，从他的手稿到报纸文章，从"讽刺性短文"到大部头的论文，从名片到电影剧本，从行政信函到私人信件，从备忘录到展览目录，从艺术杂志到新闻剪报，从购买植物的订单到邀请函，等等，都是档案了。

但是，不是所有从他眼下经过的都被他当成档案，远远不是，他偏好（或者说专爱）那些关于他的报纸文章，他自己参与合作的展览目录，以及带有图像的邀请函……那些广告传单、旅行册子以及很多别的印刷品，他都剔除出去。好像他并不像格诺①那样收集过检的地铁票。

有时候他也会对一些东西保留的命运怀有疑虑，比如自己那几十篇情色短篇，至少他觉得这些东西的文学质量值得质疑，这是一些原始的文本，即使不至于用来手淫，也是个人使用的。要撕毁它们吗？他很犹豫。他问我。我大叫：不，不应该撕毁它们；一个作家的生命，也包括他的弱点，他的败笔，他"愚蠢的那一部分"。不，不应该撕毁它们，它们原原本本地构成了有趣的自传元素，甚至可以将之看成工作室的速写。因为它们修正加工之后，就成了《情感小说》的素材，这部小说是关于乱伦、性虐和恋童癖的。这部小说创造了一个漂亮的记录，如预料那样得到的反应是恼怒或嘲讽，当然也有古怪的热情，但是马上就被吸收进一大堆的档案中。

档案的每个类别都有其特有的地方。

官方文件，因法律要求必须保留，因为它们盖的印章标志着我们共同的存在，被放在专门的架子上。

那些想要保留的没什么价值的文件（比如收据、账目清单、发票等）被装在盒子里，放在从墨洛温王朝时期就无人居住的一个小顶楼里，在一旁老去。

这两个类别的资料天生就是固定的，除此之外，我们所有的档案不断在增加，久而久之，它们最终塞满了一大堆纸箱、塑料箱。然后，就像命运所预见的那样，按照合同被运送到冈城入口处阿登修道院 IMEC 的现代建筑里，在其会长奥利维耶·

---

① 雷蒙·格诺（Raymond Queneau，1903—1976），法国小说家、诗人、剧作家，写作团体乌力波（潜在文学工场）的创始人。——编者注

科尔贝的权杖下度过幸福而活跃的日子。

老实说，我不该说"全部"，而该说"差不多全部"的档案，因为还剩下我梅尼尔拥有的档案，也承诺要给 IMEC，但是我不希望我活着的时候它们就离开我，比如我的记事本或者与阿兰的通信，它们那么紧贴着我，要离开它们就像要割掉我的一块肉。

档案中还有阿兰从德国寄给家里的信，1943 年到 1944 年那段时期他以强制劳役的身份在"伟大帝国"（Grand Reich）的工厂里干活；这些信很有意思，不过其中三封隐含法西斯色彩，类似"枪上带着花，为了德法联盟的最后胜利而勇敢前进"。人们只要知道：阿兰从不隐瞒自己的过往！是的……但是烧毁这些信件很容易，为什么要让这些东西去增加已经厚重的档案呢？一个朋友这么提醒我。因为我承诺过不会这样做，有些人因为没有勇气就修改自己的过去，让其符合当下的思想和准则，我对这样的人没有好感。那些东西曾经存在过，仅此而已。

同样，我也不会清除他妹妹安娜-丽斯的信件里一个查理曼师①的士兵从东部前线以及监狱里寄过来的信和小邮包，他妹妹那时是战时代母②。我甚至试过去找安娜-丽斯写的信，计划收集之后给某个对那阴暗年代精神面貌感兴趣的研究者提供一份额外的证词，不过没有成功。

他们两人都认为不应该清洗他们的通信；那就轮不到我来做这个事；那不是我的风格。

然而我毫不犹豫地销毁了一个仰慕者交给阿兰的一系列照

① 德国党卫队第 33"查理曼"武装掷弹兵师，成立于 1944 年，成员是德国国防军与武装党卫队单位内的法国志愿者。——编者注

② 战时与前线士兵通信、寄送包裹以在精神、心理甚至感情上给予支持的女性。——编者注

片，类似伊琳娜·尤内斯科①的风格。照片上有些孩童由父亲在台上摆出了一些舞台造型，那时候人们还没有想到那是猥亵，但是今天可能就会被人指控为潜在的恋童癖。我可不希望因为我的疏忽而让阿兰在死后被误解，谁知道我死之后，他会不会有麻烦呢？

说到档案，阿兰和我选择分开存放；我的档案以及我的分身 J. 德·贝格②，无论是在巴黎还是在梅尼尔都有自己的架子，我觉得足够了。

我对档案的概念比阿兰的广泛，但是，我总是深受两个方面的折磨：要求档案完整，这纯粹是疯狂的念头；害怕档案扩张，这真是噩梦。我得无止无休地去寻找理性的妥协方案。所以，有些方面的档案保留下来了，比如纪念我们参加过的活动的影音（声音和影像），这些东西好歹还是一直收集起来了，鉴于其载体不管怎样迟早有一天不可避免地会被摧毁，所以这种坚持还是值得嘉奖的。还有记录我们诺曼底的家的档案，这是应某些"狩猎之家"说明书的要求，在另外一些"路易十四风格小城堡"或"带大花园的乡村别墅"的呼吁下才做的。我书面记录了这个档案的时间安排，那其中的乐趣，那一天天的日子，一个个的季节，一个个的工程，大大小小的事件，我都拍了下来：开花的仙人掌，阳光中的小推车，正在铺设中的石头小路，被飓风连根拔起的树，冬天里一片发光的冰，被雪压得四分五裂的黄杨树，碎成片的旧木船令人心痛，被修复的圆水塘和它的喷泉，盛满了樱桃的泛着红漆的高脚托盘，修剪树枝的工人正在白蜡树的树冠高处耍着灵巧的杂技，巨大的机

---

① Irina Ionesco（1930—2022），法国摄影师，以拍摄巴洛克风格闻名，因使用女儿作为色情照片模特而饱受争议。——编者注

② 卡特琳娜·罗伯-格里耶的两个笔名让·德·贝格或让娜·德·贝格均可简写为 J. 德·贝格。——编者注

器正在清除被摧毁的灌木，一个头发花白的养蜂人正把一群蜜蜂赶到一处，它们就停在他鼻尖前的一根槭树枝条上……

我还保留了我们请的客人的名单，以及宴客的菜单，还有用菜园里的产品煮的"冷冻"食品的单子；除了以后的档案员，别的人肯定会觉得可笑，也会觉得感人，它们是也许会消失的一种生活方式的见证。五十年的时光，一栋房子的苦难，在历史的一惊一跳中存留下来，从法国大革命到德国占领，而我们还将存活很久很久①。

五十年里，我们只不过是那一连串不可确信的事件和长久的沉寂中的一个链环而已。

---

① 原文为 Inch'Allah，意为"主若愿意"，出自《雅各书》第 4 章第 15 节，"主若愿意，我们就可以活着，作这事或作那事"。——编者注

浴　缸

　　在家，先生从不淋浴；浴缸龙头确实包含了一个花洒，但是他只用花洒来清洗浴缸。是的，他喜欢泡澡。

　　浴缸很深；他把水装满到齐边，自己在水里浸到脖子，无休止地泡在水中，他不得不隔一段时间把水重新加热一次。他就在那里重新构造世界，构造文学，他在那里得到"自己天赋的启示"，就像阿基米德，他躺在自己浴缸里思考，头晕目眩之际发现了他那奇妙的阿基米德定理。

　　他没有锁上浴室的门，夫人要是想的话可以进到浴室里说一会儿话，在用一块布擦掉梳妆台镜子的水汽之后梳头、化妆。

　　有个晚上，他们在伯尔尼的瑞士豪华旅馆里享受到了一个宽敞的房间，浴室里配备了两个浴缸，一模一样并排放着，不仅可以当床夫妻分开睡，还可以夫妻分开泡澡；奢侈啊……

　　夫人并不像他那样对淋浴怀有恶感，不过她也更喜欢泡澡。她懒洋洋地躺坐在浴缸里，在那里放松自己，让那些不可捉摸的思想碎片懒懒地漂浮在其中；她在浴缸里待的时间显然要比他短：因为，泡澡首先是为了把自己洗干净。

　　她很害臊，关浴室门要转两圈，只有在她认为可以的时候才会打开门。

　　不管怎么说，他和她都不会光着身子进到房间或屋子，甚至不会穿得很少地进到房间。尽管阿兰的妈妈大战前在一个德

14

国贵族学校里做小学教师的年轻时候实践过集体裸浴"天体浴",但是裸体主义没有出现在罗伯-格里耶家里的日程里,即便有几张照片拍了两个三四岁光溜溜的小孩让人永远忘不了。(以前的小娃娃对自己的"尊严"没有如今的宝贝们那么严格。)

我出于羞耻心总是让自己的身体躲过注视,但是在性爱游戏中裸体——我脱光——的时候,我麻痹了的紧张就会化为蔍粉了。

阿兰喜欢在充满泡沫的温水里给他的小姑娘洗澡,在水中爱抚她,卫生只不过是一个借口……

果酱盆

大盆高高地放在厨房里一个橱柜的顶上，在微明中柔柔地闪光。

我们每年都做果酱，毫不动摇，无论是六十年代的庸俗小资还是今天的生态分子朝这个工作投注的目光都不会让我们激动；这只是为了不把园子里过多的果子（醋栗、草莓、樱桃、覆盆子等等）浪费掉罢了。

为了加快准备工作，我们那时候会咨询亲戚朋友中一些觉得这个消遣确实令人开心的善心人士（应该说，好交际的人士）。

阿兰不喜欢糖，如果不是我守着这些果子，他肯定会想把自己参与的工作量降低到安全标准的临界值。在蒸煮和脱脂的时候，我们轮流去看守着。对关键的装瓶阶段，他指挥着工作的进程，准确、毫不动摇：切断电话，把煤气关掉，不再烹制。我用沸水烫过那些瓶，再把瓶擦干，在洗碗槽旁的瓷砖台上一个一个地递给他：他就把那滚烫的液体装进瓶，装满到瓶口，用一个同样烫过擦干过的瓶盖趁热把瓶子封上。工序进行得很顺利，他把那个大容器洗干净，又放到橱柜顶，在那儿的微明中发出亮光，一直到第二年。

《窥视者》和果酱盆之间有联系吗（见《前言》）？乍一看，毫无联系。

16

砖

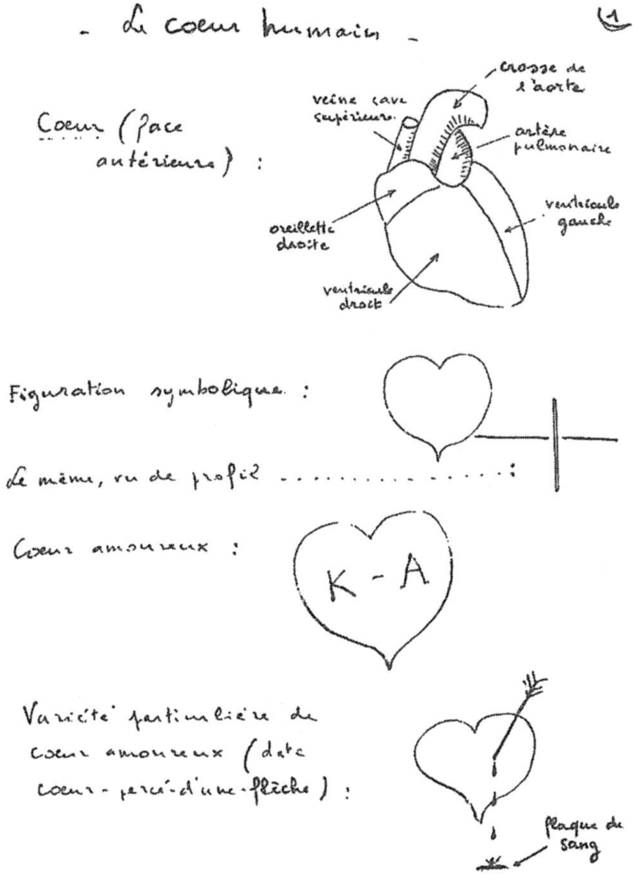

- Le coeur humain -

Coeur (face antérieure) :

veine cave supérieure
crosse de l'aorte
artère pulmonaire
oreillette droite
ventricule gauche
ventricule droit

Figuration symbolique :

Le même, vu de profil . . . . :

Coeur amoureux :

K - A

Variété particulière de coeur amoureux (dite coeur-percé-d'une-flèche) :

plaque de sang

图一 人的心脏   图三 同上，从侧面看
图二 象征图   图四 恋爱中的心脏

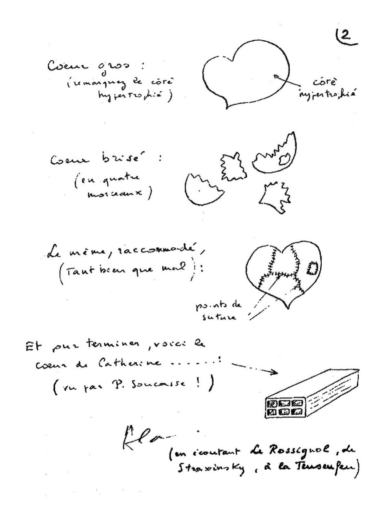

图一　肥大的心脏　　　　　　　图三　同上，被缝补的心（马马虎虎）

图二　破裂的心脏（碎成四片）　　图四　缝合桥

最后，卡特琳娜的心脏（保罗·苏卡思眼中）（听斯特拉文斯基《夜莺》之时所做）

保罗·苏卡思过去爱我，因为我没有回报他的爱，他就照常规把我放到"铁石心肠"一类人里来安慰他受伤的自我。漫画式的暗喻！我知道自己还是会被指责缺乏那种一切尽在不言中的各种温柔举止：比如在脖子上细细地吻，握手，缠手指，轻抚胳膊颈背，把头埋在爱人怀里……

阿兰很理解我，劝对此抱怨不已的樊尚在这方面不要对我有任何期待。尽管我爱过樊尚……

现在隔了这么久，我发现自己更多是对男性持这种保留的态度；对男人表示温情只有一个意思：从男性到我。

我不适应泛滥的、摧毁性的、跌宕起伏性质的激情，这种无能扩及感情的表达上，"我爱你"这句话总是很难从我的嘴里说出来。这句话的稀罕性使得这句话具有了重量，变得重要，这种重要性也就让这句话会容易在战栗中受到伤害，而我对此本能的防御就是在一些意想不到的时刻、不合时宜的时刻说出来，就这样给这句话罩上一层委婉的讽刺色彩，也用一种不可触碰的、不合时宜的庄严来保护这句话。

实际上，所谓的爱，我爱过的次数，比一年中的季节还要少。我要为自己的心从来不曾轻易感动也就不会轻易绝望而遗憾吗？我从来没有经历过持续一生的爱的忧伤，如歌唱的那样。从来没有。

仙人掌

仙人掌有权要求我的感谢！多亏了它们，我在田园诗的氛围中写下了这篇文章：四月九日，非常特别的一天，差不多夏天了，我躺在太阳伞下的一个躺椅上，眼前的黄杨木被完美地修剪成了球形，整整齐齐地立在草坪的边缘，草坪是法国风格，慢慢地朝着两个波光粼粼的池塘倾斜下去，一条小路通向一片漂亮的森林，路两边种着椴树，这是我的产业。

1963 年我们购得了这个产业（感谢热罗姆·兰东），那时候，它还有一个种葡萄的暖房，状况让人觉得可怜；之后修复了二十年，阿兰终于能够在里面实现他童年的梦想：他满怀激情地、耐心地、有条不紊地收集了一堆仙人掌。这一堆仙人掌是我们在世界各地旅行时他收集的，有的是在那些路边摊低价买进的，有的是小个头的样本（他喜欢自己培养的"小宝宝"），有的是在大自然当中极其小心地提取的珠芽（生态学家不用担心），有的是园艺师兼收藏家送的胚芽，我曾经钦佩万分地听阿兰用拉丁语和这些园艺师兼收藏家长篇大论地谈论两个相邻品种之间的区别性特征，就好像在塔甘卡菜场和一个莫斯科商人谈话一样。

每天，用过早餐，阿兰就到他的暖房中待上差不多两小时，用一个刷子、一个拔毛镊子去"给他的仙人掌梳头"，用放大镜观察它们，同时去查阅——有时候也不查——自己那特别的资料（要是他没有偶然地在美国大学或别的大学里被邀请成为"研究他自己的老师"，他在仙人掌上所具有的能力足以让他成为职业仙人掌学家了）。他还要在小范围里把这些植物搬来搬去，定期浇水，时时刻刻监管着暖房的温度，不能低于 11 度，也不能高于 40 度。冬天，就是恒温的加热器来负责控制温度。夏天，他早上要开窗，晚上又要关上。我们不在，园丁也不在的时候，就是一个热心的邻居来执行这项任务，他妹妹安娜–丽斯、我们的或我的这个那个朋友，根据每个人的时间，妥善地分好负责的时间段。

克里斯蒂安·布尔热瓦 90 年代来拜访我们的时候，收藏的仙人掌已经登峰造极：450 个品种，奢华地开着花，都贴了标签，编好了目录。克里斯蒂安就觉得很遗憾，认为没有预先想好当这些收藏品的创造者不在这个世界上照顾它们的时候，用哪种方式来完整地保存它们。阿兰提醒他说，尽管自己的收藏非常出色，不过这块地上不会没有这样的收藏；克里斯蒂安就反驳阿兰，说这不是随便谁的收藏，而是阿兰·罗伯–格里耶的收藏。这是决定性的证据。

克里斯蒂安以 IMEC 主席的身份（所以也感谢克里斯蒂安）与下诺曼底区议会交涉，议会不仅购买了那些盛名在外的仙人掌，也买下了我们的资料、房子、大花园，同时允许我们可以在这里住到我们分别死去，在那之后这里将会是艺术家、貌似与罗伯–格里耶作品相关以及与各种各样文化相关的研究者驻留的地方。

骨　灰

　　他恐惧葬礼，一篇关于阿兰和阿兰的葬礼的叙述这么写。确实，阿兰不出入葬礼，也不大去追求奢华的仪式和喧闹的音乐，不大在意有没有葬礼。但是当我接下来读到这篇叙述里说阿兰觉得不应该参加他的出版商和朋友热罗姆的入葬仪式，也不应该参加他父亲的仪式和之后他母亲的入葬仪式，我就开始不满了。

　　这不符合我的记忆，但是如果我没有小记事本来帮助我，我的记忆可能会被这些话动摇。于是我去读记事本：

　　1973 年 1 月 6 日。21 点。从布雷斯特打来电话，我的公公失去意识，被送到了医院；窒息，因为肺气肿加重了他的感冒。

　　1 月 7 日。阿兰的父亲昨夜因为心脏病突发去世。我开车送他去冈城，他在那坐火车去布雷斯特。

　　1 月 8 日。安娜－丽斯和阿兰去医院看他们的父亲，但是他已经被运走了。去年夏天，他通过书面方式将自己的躯体捐给科学，科学就已经将其占有了。所以，没有葬礼……

　　1 月 9 日。没有人再看到我的公公，就好像人们已经把他拆卸隐藏了起来。他死了，他又没死……

　　这样的事不到两年以后又出现了，同样的话语，相同或者差不多一样。

　　1974 年 10 月 15 日。我婆婆毫无痛苦地去世了；她是慢慢失去意识的，几乎意识不到；她把自己的躯体捐给了科学；她要消失了；我们再也见不到她。对我们来说，她并没有完全死亡。

17号。阿兰出发去布雷斯特，他妹妹在那等他。这个家就要空了，就要离开了，这多么忧伤啊……凯朗果夫街，这个家的三代人，我的婆婆在战后修补装饰了它……阿兰哭了。

19号。我不能相信我的婆婆去世了，不能相信凯朗果夫街已经是一个过去的时代。

阿兰在《重现的镜子》里写道："我的母亲在好几十年前就向我们宣布了她死亡的确切日期，这个日子和她的名字首字母——被一个陌生人的手——刻在缝纫机的木头底座上。"

Y74：如果说对，Y是她名字伊冯娜（Yvonne）的首字母这一意思没有疑虑的话，那74的意思就不能肯定了。她去世的那一年是她74岁那一年，还是1974年？当她在1974年10月中旬消逝的时候，离那断头台上的日子只剩下几个学期了，也许她在其中感受到了不得不屈服于宿命的指令。

至于热罗姆的入葬，他的儿子马蒂厄向我证实了我在前言里转述的话：他家人因为种种我在这不能给出的原因，一心要让葬礼只在"至爱亲朋"之间举行。

即便阿兰不喜欢葬礼，人们也不能在这种情况下指责他是一个冷血的朋友或是一个不孝的儿子。

狗　狗

在一次聚会上，狗狗们在可以自由选择的情况下直直地朝阿兰走去，不遗余力向他温润地示好，舔他的手、鼻尖；事实上，它们只是在尝试这样做而已，因为他害怕这些狗狗湿湿地扑过来，非常恼火地用力赶开它们。由此可以断定，这些狗狗不讨厌被人粗暴地对待，因为它们可以在一堆人中迅速地识别敌视它们的人。那些带着忠实伴侣来梅尼尔的参观者要是指望狗狗与他嬉戏上几小时，哦，那可是白费力气了，无论它们热情不热情，他都不喜欢。哎，可怜的贝克特！

圈 子

阿兰母亲即兴所作

精灵之家

父亲是工程师，曾经当过工兵
母亲是工程师，儿子是天才
女儿在乡村工程部

一个精灵之家
一个可爱的小精灵
漂亮，和善，生气勃勃，顽皮
无所不知，无不精通

诗人也许很想要
这个家丝丝缕缕的天赋
但他就这样开着玩笑
给他的猫切着鹅肝

伊冯·罗伯-格里耶 1971 年 7 月 17 日于凯朗果夫街
（所以我是一个精灵男人的精灵！）

介壳虫

就在一切都在朝着精益求精的方向发展的时候，有一天，阿兰突然在他的仙人掌上发现了几只令人担忧的介壳虫，可能是某种入侵的排头兵。他暂时用某种对付这种可怕虫子的罕见而有效的产品临时解决了它们。但是后来，（出于安全需要）这种珍贵的产品在法国禁止业余园艺家使用。从那时候起，战斗结果就变得不那么肯定了。仙人掌表面那些可疑的斑点越来越多，植物底下变成了一堆堆灰白粉状的介壳虫的殖民地。阿兰看着这令人伤心的景象不可抵挡地发展，心都要死了。很快，那些失去光泽、完全干枯、里面空心的仙人掌样品就要十来盆十来盆地扔掉。年龄大了，身体的疲惫加剧了他的灰心丧气（或者反过来也一样），阿兰最终只是不定期地去暖房，最后完全不去了。是的，有什么用呢？那些（还）没有受到损害和轻微受害的仙人掌并没有因此被抛弃：浇水、通风还是像应该做的那样继续。

要不是一位熟人惊动了凡尔赛宫的首席园艺家阿兰·巴拉顿，让他从天而降施以援手，这些仙人掌藏品肯定会全部消失。他清除了那些尸体和无法治愈的仙人掌，让人把那些健康的植物运到凡尔赛的暖房里。在那里，它们一有小病都会得到照顾，在监管之下毫发无损（他说，即使有鼠疫，它们也会幸免于难）。受到这样隆重的对待，阿兰·罗伯-格里耶先生的仙人掌藏品全面复兴，我相信，它们很快会重现昨日的光彩。

合　同

这是由五张手稿卷起的小圆筒，字体是漂亮的圆体字，纸筒由一根细红绳系紧：

夫妻卖淫合同

对签署的双方，此合同是为了明确丈夫对他的年轻配偶的特殊权利，在以现金作为补偿的特殊场次中，年轻的妻子将承受恶劣的对待、羞辱以及虐待，其程度将超过一般实践的界限，此处的界限指在成婚第一年内所形成的习惯。

1. 特殊场次的时间限制在两小时以内，不过，在丈夫的同意下，也可少于这个数。每一场次的日期和时间将由双方协商规定。日期一旦定下，只有丈夫有权取消这一约定。另外，他能够要求每个月至少三场的频率。在指定的日子，在确定的那一分钟，妻子需要出现在一楼，身着在此之前规定的服装；除非有不同的指令，否则妻子需要立即在她的丈夫面前跪下，低垂双眼，双手放在背后，并且在处置她之前保持这一姿势。

2. 在整个场次过程中，年轻的妻子将要遵从克制的行为要求并且表现出绝对的顺服。她不对任何事情表现出惊讶，不对任何要求做出评论，她立即服从任何命令。她只有在丈夫的命令下方可讲话，而且必须重复丈夫让她说的话。她由始至终不得表现出主动，而只能以虔心和聪慧应对哪怕最微小的细节的指令，抑或最骇人的要求。唯一受许可的个人表情是恐惧、痛苦和憎恶——当然，这些情感也应尽快消除。哪怕最细微的犹豫都将招致严厉的惩罚，由丈夫任意处置。

3. 年轻妻子仅仅是为了满足丈夫的恶习才出现的，因此，后者将以严苛的态度和持续的粗暴对待她，她绝对不能从中获取任何乐趣。假如她被抚摸，那仅仅是因为她的丈夫产生了接触她的肉体的欲望，而决非为了让她体会到快感。因此，她是否体会到快感是无关紧要的；然而，这对她并非是禁止的。不过，对妻子而言，唯一需要的，是她的智力上的参与；对所要求的不同态度和动作的即刻理解，而且她应该以丈夫最大程度的满足为目的执行要求。

4. 这些姿势几乎总是羞辱性的。它们能够借以各种鞭子和链子辅助完成，要么是在抚摸或者虐待过程中帮助身体保持特定的姿势，要么只是简单地在这一场次中将年轻妻子的奴隶状态物化。同样，她的屈从能够以蒙眼布条更明显地体现，或者是在唯一受益者的同意下创造的其他物件。许多姿势都是不舒适的，年轻的妻子应该在满足丈夫的时间长度内保持：由于妻子的快感在此并不相关，她的疲乏也因此不会受到同情。然而，假如当中所产生的痛苦过于强烈，她能够请求丈夫的仁慈；她的请求通常会获得允许。

5. 她所遭受的折磨将是多样的，或者是单一的，只要丈夫能够满意；同样，年轻妻子并非价值的评判者。假如她感觉无聊、厌烦，对某种服务厌倦，她需要自我安抚，并且考虑到她所归属的男人将从中找到他的愉悦，而且这正是此行为的唯一目的。通常来说，在没有预设其他方式的前提下，她将会持续受到掌掴、撕咬，等等；她的肉体将受指甲的伤害，尤其是在最敏感的部位；最后，她将受鞭打，用她自己为此目的而购买的皮鞭，在她的身体的任何部位，每一场次好几下，而且时间长度如其丈夫所愿。然而，任何鞭打及类似行为，都不能造成皮肤创伤或明显瘀斑；任何一种折磨都不能留下在数小时后仍旧可见的伤痕。另外，再次强调，当受害者觉得不能再承受某种折磨时，允许她请求暂歇。

6. 在这些娱乐的过程中，丈夫最重视的是他的妻子始终保持托付状态。除非有不同的意见，否则，哪怕最轻微的手指触碰都应该视为对妻子更加放开自我的邀请，或者更加合适地展现她的丈夫希望看见、抚摸或者欺负的身体部位。尤其，身体上的自然孔洞将保持展露——在所接受的命令范围内——为可能的插入提供最佳的便利。妻子在任何情况下都应该遵守这条规则，即便一种尖锐的折磨可能转移年轻妻子对同时需要应对的色欲的注意力。同样地，当她的手或嘴被要求接受抚摸时，她应该表现出必需的用心，即便她所处的姿势，或者她所屈从的折磨，让她难以实践她的情爱知识。

7. 丈夫一旦厌倦（或者因为两个小时的限制而中断），他将毫不客气地送走妻子。她应该始终遵守此卖淫合同的规定，关乎它的维持。她将最后一次跪下，双腿张开，双手抬起，眼睛睁大，以此表现她对刚才所承受的一切的自由接受。她将保持约一分钟，然后收拾好她的衣服，不许言语，离开房间。如果她顺从和认真完成所有要求，她的账户将在此后记入一笔收入。

8. 每一场次的报酬约定为两千法郎；不过，如果折磨的痛苦足以证明，或者丈夫的条件允许，则可以订立新的报酬。这一笔钱完全属于妻子：她将不需要对这笔钱作任何汇报，尤其是能够将它们花费在排除她的丈夫在外的消遣中：昂贵的旅行、任何层面上的私人购物、对第三者的慷慨花销等等。在签字双方的互相同意下，特定的条款能够在特殊的情况下达成，适用于别的时间更长的、更加大胆的或者更加严酷的场次。

拟于纳伊，1958 年 9 月 22 日

《新娘日记》中的一个脚注标记了它的出现，在 1958 年 8 月 15 日：我回家后发现，在我的书桌的一个秘密抽屉中，有一份五页纸的合同，名为"夫妻间卖淫"。我还没有签字。[1]在那天，抑或在接下的日子中我都没有对这份合同做任何评价，一个个星期过去，一个个月过去……我始终没有在合同上签字。

　　我是因为合同上的词语而退缩，而害怕了吗？我不这样认为：它们只是将我带到一个我在婚前就已经接受了的领域，到达更深入的程度。折磨、羞辱、虐待、粗暴，这些阿兰应该乐于书写的词语，我认为它们的出现是为了不减弱折磨的价值，更何况，事实上，它们或许并不如所写的那么难以承受，只是，它们被如此看待，让我觉得受到了重视。难道，为了能够缓和行为的粗暴，妻子不是能够请求丈夫的仁慈，并且其请求通常会获得允许吗，还有，不是任何一种服务都不能造成皮肤创伤或者留下在数小时后仍旧可见的伤痕吗？至于，这一个附带了利益说明的"夫妻间卖淫"，我认为这一想法本身有些好笑，只是，出于本性，我对此鲜有"兴致"。（在"真实生活"中，我们有一个共享的银行账户，而且我们从来没有在它的账目上有过分歧。）

　　对我而言，障碍来自别的方面：在此之前，在我们的蜜月旅行期间（见《假阳具》一章），我发现阿兰并非"自我和宇宙的主宰者"。他的形象为此变化了。

　　即使阿兰依然是夫妻仪式的里和外的主宰者，我在合同下

---

　　[1]《新娘日记》，湖南文艺出版社，2008 年，余中先等译，第 78 页。——编者注

方的签名也将会正式承认——我虽然不那样认定——我不再绝对认可他的身份：一个主宰者没有性障碍。

更甚的是：合同的想法本身触犯了我的色情想象，主宰者一旦被选定，就不需要得到已经接受屈服的女人的授权，不需要确定她的自主自愿，即便是以面对公开的或潜在的、不时的抵抗作为代价。一个主宰者，是唯我独尊的，是不容商榷的。在这种想法之下，我只会被"在双方协同的基础上"或"以相互的同意"这类的句子绊倒。

除此之外，合同受到一种出于其本质的、不可跨越的障碍的影响：那就是将迄今为止未言明的部分明确化。它这种明确性，在我看来，只会破坏未言的含糊所保留的东西：被束缚的幻想。我不希望，在白纸黑字上签署的一个"是"字，磨灭了一个等待被强加的"否"。"我想要"或许会为"我不想要，但是……"画上终结。

只是在由果溯因中我才明白了我躲避（退缩）的原因。在当时，我不太懂得怎么向自己解释。问题一直存在着。

阿兰，他也必然不会忘记向自己提出这一问题，只是他没有告诉我，哪怕是以暗示的方式。我的沉默本身就是一个回答，在缺乏任何辩解的情况下的捉摸不定的回答；他本应该，通过质问我，梳理出原因，哪怕仅仅是为了满足好奇。没有，他没问我任何东西；他尊重了我的沉默，就像一次拒绝的终结，而他不需要这一拒绝的动机。在他的沉默上，这是我为自己设想的假设；或许是错误的……

过了多久他不再期待我还给他签署好的、而他也将会签署的合同？他是否暗中受到了伤害？或者，正相反，他从来就没有真正地相信，我能够在他的虐恋和仪式恋爱的幻想中与他会合？这个问题由此提出。永久地。

尽管如此，大领主，他从来没有表现出任何失落，而且我们之间的一切都如旧地进行，若无其事，就像那卷纸并不期待我在犹豫中越来越不可能的签名。一个难产的幻想的圣体，在好几个十年里，它在抽屉的秘密中存活，被丢弃。

它被丢弃但准备好了重生，而这一次是在我的主动和我的威严下；在这几十年间，出于欲念的逐渐滑动，我成为了施虐者的角色。不过，我替代了阿兰，将这个合同以它订立的方式那样使用它，并不出于同样的原因。

我对所有合同的偏见，尤其是在这一领域的，并没有消失，它将你捆缚并且禁闭在清晰的枷锁中。因此，我接受了某些信徒的感人的效忠誓言，他们积极地向我献出自我，而不对我作任何请求。（初看上去……；关于这些微妙的题材，暗涌的默契也不断地送出主人和奴隶的辩证关系；然而，没有事物从黑暗中走出。）我之所以将这些纸页从隐匿中取出，并不是要将合同的内容在它的精准当中具体化，而是，将它的最后一段删去，赋予它一种令人不安的文本存在，在一场沉默的仪式上，高声朗读它；它冷静、严谨、精确的美感限定了当中的姿势、态度，在过分的持久要求的威胁下。

我在深知底细的情况下，决定了将这个合同全文发表，对这些由一只细致而高雅的手写就的冰冷字词，我没有作任何修饰，深知它们不可能不引起讥笑和愤慨；没有什么比陌生的幻想更难理解的了，不是吗？

正如 L. 冯·萨克–马索克写给妻子旺达的屈从合同——在丈夫的要求和满足他的意愿下，它阐明了一种持续的、侵入性的形态，它属于人的性行为当中，一种精神的东西。

酒　会

　　他并不追逐酒会；他不是社交家，不去培养一些吹捧、追逐利益的社会关系，不过也并不逃避。我陪他出席一次这样毫无所得的招待会的时候，就像坐在火山上一样。因为，根据经验，我知道他说话直接，甚至冒失，很快就会让那些习惯了说话委婉曲折遮遮掩掩的才子们感到难堪（阿兰不是那种"当面奉承背面诋毁"的人）；我知道他有一种恶趣味，喜欢对不应该说的人说不应该说的话，我也知道他喜欢文字游戏，喜欢嘲讽，哪怕这些嘲讽可能会冒犯他的对话者。这个性格特点，不止一个人反感，但是也有很多人喜欢，因为这个煽风点火的人很幽默：他一出现，人们就不无聊！热罗姆·兰东就一直半开玩笑地指控他，说他一到午夜出版社，出版社的员工就不专心工作了。有一次在美第奇奖上，一个评委就这么对他说："你真无法忍受，但是你不在我们又那么没劲！"

　　有一次在法国驻罗马大使馆法莱滋宫的晚宴上，客人分成了两个桌子；一个桌子的明星是雅克·拉康，另一桌是罗伯-格里耶。就餐当中，竖起耳朵听的拉康坐在自己的位置上，斥责阿兰说："罗伯-格里耶，我不同意您的说法！"阿兰要拉康详细说明了他的观点，然后反驳说："但是，这就是我刚刚说的。"拉康无法脱身："也许吧，不过我不同意！"交流就到此结束。围着罗伯-格里耶的那一桌比拉康那一桌要热闹。拉康肯定觉得恼火，觉得要通过表达自己的观点来重新平衡一下声望。阿兰的出现不是毫无反应的，总是让人恼火同时又吸引人。

对于这种社会游戏，他可以毫不费劲地投入，有时候也不无欢欣。这样的时刻，和那转向寂静、寂寞的内心世界是形成鲜明对照的。

厨　房

"伯爵先生胃口很好。"（莫泊桑）

一个布列塔尼的崇拜者问阿兰怎么称呼，阿兰回答说："请叫我伯爵先生。"（参考科林特伯爵，他是《传奇故事》里不断出现的神秘人物）。

在乡下筹备盛大晚宴的时候，伯爵先生和伯爵夫人都要下厨。聚餐时，客人都毫不吝惜赞美之词，建议那表示怀疑的大厨去写个家庭食谱集；我们的一个常客就总是吃着他碟子里的东西，一再地劝说阿兰，而阿兰对下厨这种操练无动于衷，他用不着参考厨艺书，用的食材和作料都是当地传统的而不是外国的，根据自己的喜好烹制，有时候创新有时候不创新，有两个大原则：不混淆甜的和咸的，不扔食物（总体来说，家里不喜欢浪费）。

因为糖没有进入他的挑选范围，所以是伯爵夫人做甜点，做像樱桃鸭这样非正统的拼盘。

这个好"美食"的大家伙，用文火炖，加上浓浓的酱料，就是要让我们尊贵的客人美餐一顿。这里面有因为风俗习惯在圣希尔维斯特节来我们家的核心朋友，这个朋友圈有时候会有几个新面孔（他们也许之后会加入这个朋友圈）；还有春夏时节我亲爱的公公婆婆会从布雷斯特来梅尼尔家里共度两三个礼拜（我们很久之前和他们在一起经历了1968年五月事件）。

那些以前的大香槟酒瓶子还没有全丢掉，我曾经在宴会当天或第二天记下最美味的菜的菜谱，这些都可以在厨房的一个抽屉里找到。

勋　章

　　好像有人说过（到底是谁?）："勋章不要申请，也不要拒绝。"阿兰既没有申请也没有拒绝。他获得了荣誉骑士勋章。

佩　剑

啊啦啦，法兰西学院……一个开头很好结尾充满了省略号的故事。让阿兰·罗伯-格里耶进入法兰西学院的想法是皮埃尔·罗森伯格提出来的，他在德国使馆的一个接待晚会上对阿兰谈到了这件事。为什么不要呢？这个挑战有风险，阿兰很感兴趣，不过他有条件：不要搞大阵仗（也就是不要惊动所有的院士，再说，院士们也许根本就不在意），也不穿院士礼服。前一个条件很容易就得到了满足（这一惯例越来越不受重视了），但是第二个就难多了，尽管阿兰的理由无可辩驳：作为新小说的教皇，他无论如何都不会佩剑的；但是对于他的坚持……他去新加坡的时候，在机场寄出了他的申请信，几个礼拜后他回来的时候被选上了，接替莫里斯·兰斯的椅子。当天晚上在巴黎双马咖啡馆即兴开了个小小的庆祝会。

于是第二阶段开始了，学院的常任秘书埃莱娜·卡热尔·丹葛斯邀请我们去孔蒂河岸碰面，进行友好的午餐。她希望阿兰在当选后可以表现得更灵活一些，对于棘手的院士服问题可以弯弯腰。她甚至让他试了试儒昂元帅①的院士服，对阿兰来

---

① 　阿尔方斯·儒昂（Alphonse Juin, 1888—1967），二战时期曾任法国远征军总司令、法军总参谋长，1952年晋升为法国元帅，同年当选法兰西学院院士。——编者注

说这院士服太小了。阿兰继续置若罔闻。结果：不穿院士服，就没有法兰西学院圆顶下鼓乐齐鸣的庄严入院典礼（阿兰当然没有为此伤心）。"美丽的埃莱娜"（阿兰这么亲热地叫她）决定给他办一个私下的入院典礼，他可以在只由院士组成的有限公众前发表他的演说。

于是就开始了第三阶段，"关键性的"、意料不到的障碍出现的阶段：按规定，新院士必须预先向一个特别的评委会提交演说词；关键就在这里了，阿兰不愿意向这个惯例屈服（克莱蒙梭本人肯定都会对这个做法表示不满的），而是想即兴演讲，这和他的自我性是一致的，他的自我认为，不管是什么形式，要"事先"起草任意一个发言，这种做法都是约束，都让人厌烦。

从这个时刻开始，我开始觉得很尴尬：阿兰坚持自己（被公开接受）的观点的时候，我会认为他性格坚定（不管是在这件事还是在别的事上）。但这个新要求之前没提过，可不是闹着玩！一些亲近的朋友出面劝说，他的行为可不那么光明正大；可是这些"友好的压力"不但没有让他妥协，反而让他越来越暴躁，更加不情愿。是不是可以假设，演说词这个阻碍其实只是一个借口呢：他喜欢当选，可是却不喜欢入院？

阿兰一点也不动摇，月复一月，年复一年，他的入院典礼越来越没有可能，谈论这么一个话题越来越没意义，因为这么一个话题还是不值得在我们夫妻中引起不和的。

这就是为什么阿兰当选了院士却从没进入法兰西学院。

枫　树

　　粗大的橡树、榆树、各种枫树、巨大的白蜡树，横七竖八地倒在地上，一片狼藉，树枝散落，树干碎裂，树根被拔起露在外面，朝天竖起，原来树根栽种的地方留下一个个巨大的坑，就像被炮弹炸开的大坑。

　　这仿佛世界末日般的图景，是阿兰 1987 年在梅尼尔一场秋季风暴之后写的现场记录，完全是一五一十的描述，而在新千年的转折点上（悲惨的 2000 年新年），一场更加无情更加野蛮的飓风蹂躏过我们的大花园之后，我们又重新体验了一次这样的情景！

　　半夜，暴风雨把我们的老房子撞得到处嘎啦嘎啦响，就像一艘船要在波涛汹涌的大海里沉沦，阿兰和我被惊醒，顶着一阵阵狂风，好不容易才把在风中猛烈摇晃的百叶窗关上。

　　天刚微微发亮，我们就检视了一下这场灾难：房子被倒在路中央的树包围了，树干树枝混乱地堆在一起；牲畜棚的棚顶石板倒在暖房的玻璃上，把暖房砸得粉碎：玻璃碎片细长得像刀片一样，插在那些仙人掌的肉里；电也没有了……

　　我们忠实的园丁居伊一大早就来和阿兰拉篷布，想好歹保护一下那被风雨摧残过的仙人掌；我们的邻居主动用切割机给我们清理出一条通到大路上的通道。

　　阿兰闷闷不乐，不想去看这被破坏的花园，决定再也不打开他房间的百叶窗："就像战争和轰炸刚刚又不可理解地回来了……"

我想用摄影来定格——某种意义上，是永存——这个饱受折磨的花园的图像，这类似于凡尔登战役后的洛林的景象，他也对此很不理解。

（参看《照片》）对他来说，花园没有了，不要保留任何痕迹算了；对我来说，相反，花园值得我们原样地保留这被搅动、被屠杀的混乱迹象。而且，如果我没有不顾阻碍地用摄影机记录梅尼尔的编年史，这致命事件惊人的后果——不管这后果是多么让人伤痛——没有出现在编年史里，那会是多大的空白啊！

为了不向绝望低头，阿兰严肃地考虑要到布列塔尼海边的一个小旅店去避难（随便哪个旅店），开始动笔写一部小说，他的头脑对这部小说已经有了模模糊糊的构思：《反复》。

（文学是安慰……）

他考虑过把这部小说叫作《重复》，之后抛开了这个题目。他受到克尔凯郭尔的启发。给反复和重复做了个著名的区分。重复是同一的反复，同一的复制，而反复也是重复，但是却是向着未来的重复，是一个可能性的起点，一个伸向未来的跳板；重复把树拔起来，而反复是把新的树干立起来。

《反复》，这一整个计划（首先）是一个文学计划，带有自我的反复，随之而来的是亲手恢复花园，让它重新站起来。

（文学是安慰，也是爆发……）

在这个阶段，我的照片具有另一种含义：一个被破坏的花园单纯的记录，这会是花园重生的前奏，"前身"的证明。

这重生，在接下来的春天里，经受了灾难尾期反复的考验，我们无能为力地目睹着大树倒在地上奄奄一息，从随根拔出的巨大土块中获取最后的水分，这些水分只够生发出小小的芽孢和淡绿色的小叶片，马上就因为缺乏养分而枯萎死去。

那棵古老而威严的大枫树，曾经用它的树荫给在草地上午餐的我们提供庇护，也在那肆虐的狂风猛烈的撞击下，从离地一人高的地方断裂。我们不得不在离地五十厘米处把树干锯走，树桩上留下一个又白又平的光洁的切割面。冬天过去，这个切割面上冒出了一个个透明的小疱疱，就像小水滴，越来越多；要把这个明确地说出来：这是从那还活着的树根里升上来的，是从深处默默流淌出的汁液，顺着那粗糙的树皮，令人心碎地流着。

流了很久，最后枯竭了。

婴儿椅

阿兰和安娜-丽丝小时候的椅子很小巧可爱，是装了藤条的橡木椅。我们用不上。根据我们家族史，我们不觉得有必要复制自己，因为我们深信我们的后代只可能是有缺陷的。这可能也是我不太想生孩子的一个好理由。怀孕、分娩，多么可怕的前景……我的母亲不止一次提醒我："你会后悔的。"不，我从来没有后悔。至于阿兰，他很满意：因为我是"他的妻子和他的孩子"。

传真机

我的男人和工具的关系是比较和谐的（见《四分之一圆木》），但是和机器的关系……

我们必需的全副通信设备中，只有传真机在阿兰这里得到了赦免，自从我给自己配备了一台简单型号的传真机以后，他一直在使用它。但是除了传真机，对技术创新（数码相机、电脑、移动电话等等）的顽固拒绝这一点，他从没有改变过主意。他甚至不愿意听人谈论银行卡，这一点让他之后在加拿大一个大酒店里吃了个亏，人家向他要银行卡才可以让他开放国际电话线。不过这丝毫没有改变什么：宁可遭罪也不屈服。

幸运的是，我没有固执己见，对于机器，不管是不是家用的，我都没有那样明显的排斥感；那样，一切都解决了。

工具，是他；机器，是我。

柴　火

如果天气不是真的很热（这在芒什海峡不是很常见），我们都在餐厅的壁炉里生上火，那是我们经常待的房间，用木头生火，那是树木被风吹雨打、被人工修剪或自然死亡后给我们提供的木头。而生火的人无一例外地按他的想法处理（阿兰用火钳的力气比我大）。

生起柴火用来取暖，在木炭上煮肉，吸收哈瓦那雪茄的气息，房间男主人吸着哈瓦那雪茄，喝着一小杯朗姆酒、柑曼怡或君度，一边和他的妻子东拉西扯。他妻子陪着他，高兴的话，也来支散发着香味的美国小雪茄，大路货，香烟爱好者会盛气凌人地看待这个牌子的雪茄。他，对"puros（雪茄）"和葡萄酒都是大行家，倒没有瞧不起我这下层的品位（真是稀罕！）。

鞭　子

　　如果您打开了这本书，那是因为您对阿兰·罗伯-格里耶或多或少感兴趣；如果您在这一篇文章中停下来，那您就是对他特别感兴趣。因此，在继续阅读这一章之前，请先阅读《假阳具》以及《合同》。

　　从这些阅读中能够得出，某件尚未言明的事情在缓缓地让我们的情色-性关系变坏，甚至本应让这关系完全停滞；鉴于我与现实的妥协能力是与生俱来的，这不会成为什么大事件；我的丈夫是不是有一种变幻不定的男性能力呢？这没什么大不了，我不至于在必要的程度外还为此困扰自我。因为他准许而并没有诱使我，去找一些旧日情人，我从来没有理由向他隐瞒，而且我乐于向他讲述我的遭遇，开心的或不开心的；"讲述"的习惯并不是出于协定——不隐藏任何东西——而是出于纯粹的向密友吐露心声的兴致。我的丈夫是我当时最好的朋友，我向他讲述我的小艳遇，因为这些都让他开心，他的兴致如此高以至于他会毫不犹豫地教导我，当他为我的情人们（及女情人们）设身着想时，他评价我对受伤的心缺乏柔情。而这不无道理：在婚外的活动中（从短暂的晚会到考究的扮演），创意总是出自我。总是。

　　——可您的丈夫，在这当中，他不仅仅是您的密友啊！

——当然，不过，有一个显著的区别，如果我们不考虑他与茹尔当的私情的话（见《阿司匹林》），阿兰不会"到别处去看"，不会脱离夫妻关系（conjugo），并且他寻求满足自己的欲望，常常与我分享我的一位或数位作风自由的朋友，她们准备好服从他的怪异要求，而且无望地期待着这件事情能往更传统的方向转变，又或者，他将我，他的妻子，他珍重的物品，在庄严的姿态中送到他的密友的抚摸之下，又或许，与一位年轻的施虐者共同享有我（我会再说到这一点）。滥交主义所倡行的无节制的身体交叠是——自不待言——绝对被排除在他的色情活动之外的。

对，阿兰不仅仅是我的密友。当我说他的男性能力变幻莫测时，我并不是说它消失了，而只是无法预测；我们婚后一年，在凯朗果夫街的家里，他的奶奶过世的那晚，他才断除了性无能的魔咒（对心理分析师来说，这又是一个难以决断的个案）。他并没有在厄运最终破灭后，就因此回到他并不期待的正常的道上。谁要是以我们交合的次数评价我们的性生活，将会发现它确实可怜！幸亏性生活的乐趣并不在那而在别处，在鲜有参与的高贵层面，痛苦和羞辱才是乐趣和爱情的源头。

对于普罗大众，鞭子是象征这一怪异的偏离的工具。我已经说过，我们并不为器具而着迷，使用器具的方式必然比它们的数量和种类更加重要：是思想让物质活跃而不是相反。

我们的第一条鞭子，叫作"丈夫鞭"，是在一家狗用具商店里买的，它的柔韧性极好，我在婚前将它送给了阿兰。第二条，是一位慷慨的朋友送我的礼物，出自一家鞍具制造商（爱马仕）。最后一条是黑色宽边皮带，配有银环的象牙手柄——象牙在当时可以买卖——是一位工匠从阿根廷的放牛人的皮鞭中汲取灵感而制成的。

在器具的组合中有一条马鞭，是阿兰数小时驯马体验的纪念品，还有使用舒适的小链条和一些狗链子，有一段时期，我还戴过其中一条优雅而隐秘的短小的链子，在一个美好的早晨，一位女发型师说道："您钟爱的小母狗走丢了吗?"我没有勇气对她说，那只受宠爱的小母狗，就是我。这一条我（如此）珍重的细链被一个偷窃癖者盗走了。

在许多的年月里，我都是在皮鞭之下，后来，在一位以萨德为榜样，喜爱调换角色的年轻施虐者的逐渐引导下，我就将皮鞭的手柄决然地拿在了手里。

——那您的丈夫曾臣服于您吗?

某些记者这样写了，是为了让他在常人眼里显得可笑，而常人又是易于讥笑任何服从的男人的。阿兰从未想过要到镜子的另一头去，即便这也不会有任何不适。他对自己有限的品位而假装遗憾，根据他的定义，"萨德式-色情"应该由异质来补充完整："萨德式-异质-色情"。这一特点一下子就将他挡在了我的仪式之外，而常常，几乎总是，有一些男信徒参与我的仪式（阿兰并不敌视他们，不过对他们没有任何兴致），不过这都不妨碍他让我讲述，详细与否，视其心情而定，甚至是在他"回缩"到他的幻想孤独之后……

"合同"已经言明：他的幻想排他性在于萨德式地控制（非常）年轻的女子，在缺少女孩的情况下。他自己也笑着重述了一句路易斯·卡罗尔的话："我非常喜欢小孩，不过，小男孩除外。"他曾寄给我的一些图画是一目了然的：漂亮的女孩被绑起，血迹斑斑……我不相信他的幻想曾有过动摇，从童年到老年，即便它在他的作品中变得越来越明显，直到烟花的"最后绽放"，《情感小说》，过分的，唯一的文本，在一切约束之外：临床的。

我几乎要写到阿兰有着少女杀手的品性，不过他是一个乌托邦式的杀手，他期盼受虐者们信任的微笑。您放心，他从来没有违犯法律或者超出可接受的限度。以创作为升华?拉康建议他不要做心理分析，似乎他会为此满盘皆输：阿兰从来没有这样打算过：他和他的恶魔差强人意地同在。

——那位年轻的施虐者呢？你之前说会再谈谈他。

——《伊甸园及其后》，阿兰的第四部电影，它在我们的爱情中将会扮演一个守护神的角色。他和他的女演员–明星的情感，开始于电影拍摄的后期，熄灭于夏天，在柏林电影节的展映之后（见《阿司匹林》）。在秋天，展映的几个星期以后，一位年轻的电影迷，在走出拉丁区一家影院的大门时，决定为它安排时间去电影院。而且，因为这部电影，这个男子，樊尚，将会成为我生命中的驿站，如同茹尔丹之于阿兰。

我选择和他一起喝咖啡，而没有去参加一场会让我难受的晚宴，我对他的问题备感意外，樊尚突然问我，我的丈夫是不是施虐型，而我是受虐型；我清晰地记得我当时的回答："这取决于跟谁一起。"一个星期以后，在我家，当阿兰不在时，跟他一起，这个回答就成了"是"。他冰冷的、细致的、遥远的又糅杂了温情的方式，让我尤其想起阿兰的方式，以至于我对此拘束不安；这种方式征服了我：同样的动作，同样的声调，同样的现身（不适用于一个脱衣的施虐者）；他毫不知情，不过他就是阿兰的副本，阿兰的年轻复制品：他才25岁。

第二天，在乡下，当我再见到阿兰，我对他详细汇报了我和樊尚在一起的夜晚。他认真地听我讲，对我说"你讲得好"，不过他完全没有我先前期待的反应，他看起来有点忧伤……我没有察觉，它其实是一个焕然一新的情景，一个质的飞跃：我的那些短暂情史，我的那些一日情，直到那时都只是某种放纵；我的"主人"始终是阿兰，不管是我们两人之间还是我们的密友小圈子当中，在我的轨道上，在我们的领域中。可现在突然出现一个年轻主人，阿兰（作家阿兰以及电影人阿兰）的狂热崇拜者，不过依然是一个年轻的主人，因此才会"有点忧伤"，当我再次想到，这样的感情其实不应该让我惊讶。他的忧伤迅速地消除了，而且在他的授权下，每一次都被许可，在某些晚上，我和樊尚在我的房间里过，而他则在他的房里睡觉。第二天，阿兰要求我向他讲述，细致而详尽地，这已经成了我们默许的契约。樊尚，得知"我讲述所有"之后，对阿兰的评价表现得忧心忡忡；他能够安抚自己了：阿兰认可他的导演才华。

阿兰和樊尚很快就确立了师徒关系，阿兰的权威并不单单建立于成熟男人对年轻男子的权威上，而且，幽默也使得樊尚敢发一份这样的电报给他："找到一份正经工作。请求您的小女的玉手。"还向阿兰抱怨我鲜有情感的流露，阿兰则反驳："我对您明确说过在这方面不要对她有所期待。"（见《砖》）又还有，为了在物质方面体现他的"二丈夫"（他对此坚持）地位，他每月给阿兰一些钱，代表他对我的"养护"的参与。我的"大丈夫"参与这一游戏；不过，很快，当支票（由樊尚指定的象征性的一笔钱）开始缺少，凭借着阿兰的宽宏大度，他并不对此怀恨在心，而且我的"二丈夫"也不会因此被撤掉他的头衔。

组合不定的三重奏：从最让人放心的——妻子与两个丈夫的层级——到最苛刻的，哪怕一步走错都能摧毁所有——主人、徒弟和妻子——妻子-奴隶，奴隶-宠儿，宠儿-物品……神圣的物品，围绕着她完成典礼，在预订给被选者（们）的"秘密房间"里完成，门生则被要求将那儿整理好。

门徒对绳索、链条和鞭子的使用具有想象力和灵巧度。主人在观察，以行家的眼光评价住持教士的质量，接着重回他主祭的角色，门徒则是助手、见证人或者主角；我是愿意屈服于命令的受侵害者，仪式的物品，正如《图像》中的小安娜，在一个梦中，一个不真实的真实中，我们三人在一个特殊时刻的情感中融通……

——与他人分享所爱的女人并非多么罕见！比如萨特与波伏瓦……

——特殊时刻并不是指特殊情况，即便如此……在您所提到的例子中，分享一个女子（不管爱不爱）是按照明确的方式进行的；她从一个男人到另一个男人，有时候跟这个，有时候跟另一个，而从来没有三人一起；与三人组不一样，更像是计划交替的两人组，是共同的财产，但不是共同消费。

——您的丈夫不会有些嫉妒吗？他毕竟写了一本叫《嫉妒》的书！

——即使他曾经有，他也没有在当时表现出来。在那时候，一切的进行都有如一种延续，在我们的夫妻生活中，在茹尔丹的黄昏和樊尚的晨曦之间；第三者的功能的转让让夫妻情感更牢固，而这本应该将它置于险境（"那杀不死我的，让我变得更强大"）。在这一视角中，阿兰只能采用我在他和茹尔丹恋爱时的态度：自发地自视为婚外情的合谋者，在任何情境下都是有趣的。而且他知道，不管我对樊尚的感情如何发展，他的地位永远不会受到质疑，正如我的地位也不曾被动摇，哪怕是他对茹尔丹的感情炽热至极的时刻，我也不会离开他。

假使他真的感到某种痛苦，他也不会流露：嫉妒能够隐藏一时，但不能一直隐藏也不能完全隐藏，总是有某些痉挛逃脱了控制。是我不够敏感吗？

——那为什么有这一"回缩"？

——1975 年 8 月 18 日，我将一位亲密朋友，新小说的读者，送入阿兰的怀里，她觉得将自己当生日礼物送给新小说的教皇是件好玩的事。她玩了这个游戏……她深陷游戏之中……游戏者的身份被抹除，她成了爱慕者；爱慕者变得坚持。阿兰觉得这份礼物越来越沉重，爱慕者在圣诞和新年之间来到我们乡下的家之后，他觉得不堪承受。在一次关于这个话题的聊天中，确切的是 1976 年 1 月 6 日，阿兰向我坦陈，他想要从所有两人或数人的色情-性活动中抽身，似乎最后的这段感情将一种含糊的疲乏在日光下变得了然，而且，即使这一疲乏有短暂的好转，也在一段时间以来就在秘密地占据他。(从何时开始?)

他并不因此就对我的"女人的盛典"(他鼓动我将这些写出来)失去兴致，或者他自己的创作——对世界，总而言之!没有。他只是独自处于一座象牙塔里，里面充满了他的青春期前期的幽灵，他在他的"回缩"中，追寻被《情感小说》唤醒的梦幻——独自一人的性虐者幻想。

假阳具

这一个男性性器的替代品并不属于我们夫妻间的小道具，也并不因为它的外形，就能够被用作消遣物品，或者在性功能障碍时作为过渡的权宜之物；而对于阿兰，性障碍的问题……

他的性能力异常被发现后，他就适应了，更何况他并不特别地看重交合，不同于许多难以承受他们的"故障"的男人。

因此，在1951年，当我们在伊斯坦布尔初次相遇时，我要求他将交合排除在我们的性游戏以外，他没有表示任何反对：我恐惧再次经历危险的秘密堕胎，此前一年我就遭过罪了。另外，我已经准备好接受——甚至比这更多——他的幻想的奇异，这对我来说是很新鲜的；在之后的六年里，他没有想过放弃承诺，而一个不像我那么天真的女人应该早就察觉，我相信他的行为再正常不过，因为一个承诺始终是一个承诺，没有可回头的！

而正是在这六年后，我们新婚旅行的一个夜晚，在1957年，亚得里亚海的沿岸，在从扎达尔到杜布罗夫尼克的船的船舱里，我意识到了我的误会：他的行为并非那么正常，而我的要求，不仅没有限制他，反而迎合了他。

正是在那一夜，扎达尔之夜，当禁忌最终揭去，阿兰明白了我希望他过渡到交合的动作，他坦白了他的性无能；他以为我曾"猜到过"，然而我压根没有任何猜测。我发现了他的无能，而他则发现了我的天真。我惊慌失措：在六年中，我们的相处不是如阿兰所想的，建立在隐衷上，而是，没有猜疑，我们俩生活在误会之中。

供认的那个夜晚并没有多少戏剧性：没有哭泣，没有咬牙切齿，也没有责怪（怎能因为意志无能为力的缺失责怪一个男人呢？对于阿兰，我并没有感受到得不偿失的酸楚）。那个夜晚是温柔的，染上一些失望的伤感，我们相互依偎，躺在舱室内，满是令人慰藉的温情。

我们在杜布罗夫尼克的墙根和小街小巷中长久地散步，手牵着手，如同恋人；我们互相说了许多心底话和情话，似乎分享这一个秘密将我们拉近了，而不是让我们互相走远。

我感动于发现了他身上的另一个意外的脆弱，一道让他不幸的伤口，因为没能满足他的小女儿没有说出、不想说出但最后被迫说出的欲望而不幸……

不幸，甚至感到有些罪恶……

这将脱去他的链条，自此之后允许他以自己的意愿流浪，风险是任凭不合时宜的逃离的摆布，即使他自知对于释放激烈情感的薄弱（见《砖》）。

我在十分私密的私人日记《新娘日记》中对这段时期做了记述，从 1957 年 10 月结婚起，1962 年秋天终止。日记本被遗忘在阁楼上，直到我后来重新阅读它，为了 2002 年编写 A.R-G 的冈城展览目录。

我意识到我在当中不加修饰地讲述了他的性功能缺失，我的评判和意见，如此直白，以至于在交给他手稿前，我犹豫过，担心他会为此而受伤。

我错了；他愉悦地结束了他的阅读，对我的日记表现出足够的兴趣，鼓动我将它发表，甚至他在世时就发表，他可以承受一切，等他死后再出版或许会被认作一种背叛。

他对揭露其男性能力的漠然让我意外。这显然没有触及他的自我，他的自我被他放在了别处，在他的作品的高度上，远远高于这些他既不需要隐藏，更不需要炫耀的次要的偶然。

　　而且正是在这样的漠然上，我允许自己现在写我们的性生活，夫妻生活，与众不同的生活的记忆，除了自我的羞耻心则没有别的考虑了：它建立于施虐–受虐的公开的施行上，而根据最新的法国人性行为的研究，这种性行为只涉及 0.2% 的人群。小团体，薄弱的一伙。

番茄酱

阿兰毫不含糊地认为：任何一个在食物上浇番茄酱的客人都是个粗人，缺乏品味属于对文明的拒绝。

在意大利的时候，人家给他上了一个面团做的菜，哦，罪过啊，他竟然毫不犹豫地就用刀子切开了，触怒了当地人。

粗人对粗人：违反餐桌礼仪没有亵渎美食那么罪大恶极吧？（一切都是相对的，反之亦然。）

《世界报》

不，我们从来不是《世界报》的订阅者；我们看的是安娜－丽斯的那一份（她是《世界报》的订阅者），而且，园丁居伊从信箱里取到报纸再拿到家里的时候，要是阿兰随手先拿到报纸的话，我们经常无视安娜－丽斯的恼火，抢先看报纸。

有一天，征订取消了，但是传统仍然在延续，每天早上，都可以看到我们的居伊手里拿着《世界报》到来。他不再是在信箱里拿《世界报》，而是到附近镇上的报商那里去买来，然后把报纸放在从地下室通往厨房的楼梯的第三级阶梯上，那是个交换地，他会在那发现阿兰前一天晚上放在那的要寄的邮件和当天的小纸条。最后一张小纸条（"给覆盆子买些马粪"），是在一个二月份灰暗的早晨，居伊把它扔在一边没管；因为阿兰的召唤，他走上厨房，发现阿兰情况很糟糕，刚刚度过一个心脏病发作引起的不眠之夜。他做了必需的事，陪着阿兰等救护车来（救护车之后把阿兰送到了冈城的医院），我急匆匆地从巴黎回来。

什么都没变：每个上帝创造的早晨，只要不是大雪飞扬或者天寒地冻，即使我不在，居伊都把《世界报》放在惯常的地方，然后扫一眼周围。要是没有正常运转，他就会采取适当的行动：我可以依赖他。

我刚刚在楼梯上捡起了报纸：居伊来过了。没什么要提醒的：屋里一切正常。我安心了，这在某种意义上要感谢《世界报》。

床

　　一间属于自己的房间……因为我们有这个条件，所以自然我们每个人都有自己的房间。

　　阿兰在他自己的房间工作，那是他的办公室。我隐身在我的房间里，那是我的避难所。

　　我们结婚的头几年，我和熟悉的圈子以外的"人"相处都觉得不太自在。当阿兰接待来访者的时候，我就隐到我的房间里；访客走了，他就来敲我的门："你可以从你的洞里出来了，小老鼠！"

　　我在和他的接触中自信起来，他和共和国总统也是平等地谈话，就像是在和法院的接待员谈话一样。他对于公认的等级划分无动于衷，他有自己的非常个人的等级划分，这不是建立在社会成功或男女性别上，而是建立在个人的内在品质上：聪明还是白痴，能干还是无能，坏种还是？（我不记得他最喜欢用的反义词了。）而且他毫不客气："我没那么宽容，因为我把宽容差不多都留给你了，就没有剩下多少给别的人！"在面对那些他曾经欣赏过的大人物的时候，这不多的宽容，可以让他以文学的名义对他们的狭隘和"高昂的自尊心"不会感到过分生气。他的判断一旦形成，就无可挽回：好人对他来说就永远是好的，坏人也一样。从真正的纠纷、不可原谅的龃龉变成准备放下武器去和解的对手——这种和平的苦涩感数十年都不会消散（背叛是不可以的）——我在他身上只见识过两个。

　　每人一个房间，每人一张床：窄的给小老鼠，因为小老鼠喜欢；大到令人肃然起敬的，是"以狮子为名"的大作家的；不过，奇怪的是，这不是栅栏床，不是他的大部分电影里出现的幻影床，也不是夫妻床；我并不喜欢醒着合在一处，睡着也缠在一起，如果情况逼迫我们睡同一张床的话，阿兰会因为害怕打搅我的睡眠强迫自己不动，最终就会睡不着。

　　要是我没记错，出差在外我们没有其他的要求，只要求床分开；任何新房间都很快会变成我们在家的样子。阿兰总是往右侧躺（为什么?），所以他只需要一个左边的耳塞，而我的好处就是可以躺在相反一侧的床上，在睡不着的时候静静地看书，我这边的床头灯也不会打扰到他。如果他开始打呼噜——这种情况很少见——只要低低地吹声口哨就可以安定下来。

　　他睡久了就会出很多汗。他说做美梦和做噩梦都很多。他的睡眠时间随着年龄增长而增长，十小时、十二小时，到了最后有时是十四小时，还必须在饭后增加短暂的小憩才能投入创造性工作。

　　床，也是写作的地方（在伽桑狄街的阁楼上，他在沙发床上垫了垫子写《橡皮》）；床也是休息的地方，做梦和嬉戏的地方：温情的爱抚、暴力的爱、扮演坏人。这要看情况……

书

对书，应该尊敬：不折角，不做注，小心地翻，免得把书脊弄散，细微的刮痕也要好好抚平。

阿兰一开始总是用一种透明的纸做封皮把书保护起来，这种纸随着时间会发黄，掉纸屑。这种老化倒是一件好事，可以让我在书架上找到他收藏的三四百卷年轻人的作品，大都是研究十九、二十世纪的评论家、诗人、小说家的作品和文稿。我并不惊讶其中没有普鲁斯特，因为阿兰是在几部随笔流产之后才读《追忆似水年华》，他从来不是普鲁斯特的粉丝。里面也没有一本巴尔扎克的小说，巴尔扎克对他来说是黑色野兽，是嘲笑对象，他最喜欢攻击的对象……

也许我错过了书架里的金子，他排列图书的方式不方便查找，因为他不是按照字母顺序排列，而是按照书的大小来分组，我必须要列个清单才能够好好查找。也许，被排斥的巴尔扎克藏在乔伊斯和马克思之间呢！

他也没有想过要在书柜里把他自己的著作每样加一册，这样就让自己手头有自己的著作。我补全了这个系列，缺了的著作就心心念念要去书店买。即使是在远离贝尔纳-帕纳西街以后，他也一直对午夜出版社的出版物非常关注。

他的个人图书室是由一本一本选择过的作品构成的，可以假设这些书他全文都看过。这种情况在他成为美第奇奖的评委之后就不是了，当他看到那些最新出版的作品大堆大堆地寄过来，就开始到处嚷嚷说："这是我妻子看的。"（言下之意："她代替我看那些参与竞争的作品。"）是也不是：因为潜移默化，我了解他的文学品味，我向他推荐我选择出来的作品，他出于信任认可了我的选择；但是我不相信他会支持一个他没看过的作品，哪怕他不是从头看到尾，至少也是认认真真地浏览过这个作品或者评论。

书堆得越来越高要倒塌下来的时候，他就急着要进行挑选，这是我给自己的任务：把最有意思的留下来或者送给朋友、亲人，把剩下的卖给图书经销商，在卖之前先去掉题词（标新立异的题词放到档案馆），这是为了保护敏感的作者，免得他们在旧书摊上发现自己的杰作时会觉得屈辱而心怀怨恨。（莫里斯·兰斯担心阿兰送他的最新作品会被阿兰无意中看到而不高兴，就沉痛地告诉阿兰他不小心把书落在一辆出租车上。）

没有用：我精心挑选的送给某位爱好者的书被一些上门打劫的强盗偷走了，这些家伙肯定是肆无忌惮地把书卖了，里面还有题词呢！

氧气罩

天已经很暗了，冬天黄昏来得早。我终于在医院的二十一层里找到了阿兰的病房，他前一天被紧急送到了这里。

病房和相邻的病房是由隔板隔开，隔板的上部是玻璃的，全部都是白色，除了朝向夜色的窗户是一个黑黑的方框。

阿兰坐在床上，背靠着几个枕头。我看到了他在氧气罩下凹陷的五官和蜡黄的脸色。我给他带了些洗漱用品，给他说了些外面的新闻。

他素来很少要人同情自己，负责他需要的年轻护士进来了一会儿，他还打趣她；和我抱怨食物没滋没味（众所周知，盐是您心脏的大敌），抱怨没有酒喝。我笑着提醒他，胸脯上连着心脏监控器的电极，手上绑着输液管的针管，在这个白色统治的医院背景里，葡萄酒的红色格格不入！

我很清楚，两年前，给他做了三个心脏搭桥的外科医生在一次拜访时送了他一瓶好酒，毫不顾忌当时正在实行的饮食制度，阿兰那时在那里接受"康复治疗"。他当时站起来了，正在好转；甚至就地成立了一个小小的剪辑室，他可以在治疗期间继续加工他最后一部电影《格拉迪瓦在叫您》。那时……

尽管他五官凹陷，脸色蜡黄，我之前没有见过，可是他发出的嘶哑的喘气声和他的玩笑让人放心，我轻易相信地离开了。

可是，他的心脏在 3 点 50 分停止了跳动。我感到忧伤，感到被抛弃，这时候突然有一个问题出现了，再也没有离开过我：他是在睡梦中无知无觉地去了吗？他是在孤独中、绝对的孤独中感受到死亡吗？在寂静的黑暗中，在焦虑中、害怕中？

他害怕死亡吗？我觉得不。死亡似乎没有让他担心过；我记得死亡并不是我们之间最重要的话题；他没有谈论过死亡，他偶然告诉我他喜欢火葬，火葬在他看来是理所当然的选择。

他的肉体躯壳不怎么再让他操心过；也许操心过，不过，仅限于保持好肉体躯壳可以确保自己创作力，在不可避免的摧毁之外，保存好肉体躯壳可以给他带来对他来说唯一重要的幸存的东西，就是他的作品，通过保存他的作品，保存他自己。

他是不是以为……

那个问题仍然存在：在这表面的脱离的时候，他还剩下什么呢？他是不是陷入了越来越抑制不住的焦虑中？在那最后几分钟，3 点 47，3 点 48，3 点 49……？

锤 子

园丁正在阿兰的指挥下用锤子使劲往下敲一根柱子，阿兰对他说："好了，停!"然后把手放到那根柱子上去查看……太迟了……锤子的冲劲很难止住，落到了手上，他的右手食指拿出来的时候压扁了，软绵绵的，像块破布。但是只有园丁感到痛苦。

在一个酒吧，我们那时的心上人拥吻他，分开时，我看到阿兰的下唇流血了；他眼睛都没眨一下。

几年以后，在布拉迪斯拉发，他被一些醉酒的警察戴了指节防卫器痛打，嘴巴流血，两颗牙都断了，他也没有呻吟过。

关节病让他不得不贴吗啡膏药，他用一句话、一个微笑总结："我的肉老了。"痛的时候，他做该做的，从不抱怨。

年纪大了，衰老了（我很担心），他在牙医那一次性叫人给自己植了好几颗牙。阿兰耐得住痛。

手　帕

　　他没有流泪的能力。除了得知他母亲死讯的时候，我不记得他还哭泣过。即便他喉咙哽咽了，他的眼睛也是干的，或者只有点水汽。他对此很遗憾。在他看来，这可能不是一种什么男性的坚强让他不能尽情地去像女性一样用流泪来宣泄，而是一种生理上的无能，差不多等同于残废，所以他的手帕如果是用来擦干眼泪的话，那肯定不是他的眼泪。

　　手帕有很多其他用途：揩干净衣服上不巧溅上去的水，止住小伤口的血，捂住喷嚏、阵咳或是擦鼻涕。他经常在不经意间擦鼻涕。他后来甚至表示自己得了鼻涕症。

　　他有两种类型的手帕收在衣柜里："城里人的手帕"，白色高雅的细密混纺布，大都绣了一个首字母来装饰；另一种是他喜欢的"乡下人的手帕"，大小正好，是又厚又软的吸水性好的棉布，方格子的，就是那种去赶集的农民用的样式，不漂亮，但是很实用。

　　他从没想过要把手帕换成纸巾，好像这种材质对他鼻子不好一样；可是他却迅速地在日常生活中用纸餐巾代替了布餐巾。我们当然不缺以前的大餐巾，那是传自远祖的亚麻缎花布的，非常舒服！难道这是说明鼻子不喜欢的东西嘴巴却喜欢吗？

　　自从时尚堂而皇之地把桌上餐巾的尺寸改小了，那么，阿兰不小心把餐巾和男士的大手帕混淆也就情有可原了。

所以，在城里吃过晚饭后的第二天，阿兰不止一次惊讶地在自己的裤兜底发现揉成一团的餐巾。之后在离开朋友家之前，我们就开玩笑地要用武力去检查一下他是不是又带走了当天的餐巾。任何小事我们都自娱自乐。

胡桃树

　　我们在梅尼尔安家的时候，胡桃树就已经在那里了，扎根在低处那个池塘较高的岸边；我们很喜欢它那很特别的胡桃，果壳是长长尖尖的，很薄，可以用手把壳剥开。秋天的时候，胡桃在长长的树枝下摇摆，树枝几乎垂到了水面上，形成了一个拱，划船的时候遇到小雨躲在轻盈的树荫下，或者盛夏的时候，在淡淡的树荫下躲避烈阳，都是很宜人的事。

　　不知道为什么，它开始慢慢地衰老，直至最后完全死去，一阵风就折断了它，把树干截断到只剩下一米高；它摇晃着，一部分沉入了池塘。阿兰马上约了一个工人，和他一起研究怎样在不损害河岸的情况下把树干从水里捞出来。

　　那是一个二月的星期一，天气晴朗而寒冷。工人应该在午后来。上午快结束的时候，一个留言要我打电话给冈城的特护病房，阿兰两天前被送到了那里；值班的心脏病医生告诉我："您丈夫昨晚去世了。"

　　如果我马上奔向医院，停止一切事情，忘掉一切，忘掉那棵胡桃树、那个工人，大家肯定都会理解。可是没有，我在约定的时间里接待了那个工人。在这种情况下，大家发现了我身上坚强甚至勇敢的性格。跑到医院去拿回一个深蓝色的洗漱包，包上按规定贴着病人的名字，里面是收集起来的前一天晚上带过去的几件洗漱用品（牙刷、梳子等等），这个事情有那么紧急吗？事实上，我做了他在相应的情况下该做的事：继续看守着这个家，这个园子，他曾经那样深爱过的地方，我现在仍然爱着的地方。这在以前是重要的，现在还是重要的。

鸡　蛋

　　他像转动一个陀螺一样转动鸡蛋来判断鸡蛋的新鲜度。

　　他把鸡蛋一头敲开，马上用一个手指堵住，再敲另一头，然后仰起脸，把手指移开，让蛋汁流到嘴里，就这么吮吸着鸡蛋，当成现成的饭菜吃。

　　他用两根手指把杯底的蛋黄搅动成乳状。旅行中，他总是随身携带一个鸡蛋备用，放在自己那个蓝色硬塑料椭圆形盒子里，那个盒子是在捷克单个买的。

　　这是关于纯洁无瑕的鸡蛋。

　　鸡蛋这种材质也是肉欲的：动情时的黏液，汩汩的，亮晶晶的……小小的一团，微微颤动着，小心翼翼地敷在肚子上，挂在阴囊的毛上，或者不安分地从一边乳房流到黑白相间的瓷砖上，在皮肤上留下点黏液，干了以后就像上过釉的鱼鳞一样，甚至……

纸

纯白的纸，他一令一令地买回来，总是同样的重量，他用来写信，用来誊清自己写的各种文稿。

用过一半的纸，只有背面可以用，他用来打草稿，因为浪费会摧毁森林（我夸张了，不过确实有这样的事）。

无论是演讲还是讲课，他表达的时候都不需要稿子来支持；可以说是在冒险……他信任自己的语言天赋——清晰流畅，信任自己的口味和演员感受观众的经验（这不排除仍然会担心）。他善于即兴演讲，而且经常即兴演讲；但是同样的研讨主题、同样的电影桥段老生常谈，不可避免会重复啰嗦：因为没有谁可以滔滔不绝地即兴演说。解决办法：为了避免给人感觉在重复自己，在自己不能不断创新的情况下，就每次更新听众。因为我不可能是一个新的听众，所以阿兰不喜欢在现场看到我（我也乐意摆脱这件事）。但是我也免不了偶尔悄悄地溜到他演说的大厅的最后几排，因为好奇参与讨论，衡量他的见解和立场可能的发展；他那时不会马上来个大转弯，但是会改变一点措辞，一点观点，在不偏离轨道的情况下做了移动。

至于那些浪费时间和抽屉空间的文件，我非常满意非常感恩的是，他按照传统的丈夫的做派承包了：行政手续、发票、银行、房租、税收、合同，等等。他不在的时候，我就按照他的指令临时暂代，负责管理目前的事物。一丝不苟。

小纸条

我们写过好多这样仓促而就的东西，在小便条、小纸片或随手抓来的卡片上：票据或邀请函背面，旧信封，或者，旅途中，酒店的笔记活页上。温情的，或告知信息的小纸条，提醒一件突然的事情或时间的变动，处理日常生活的一个细节，应该所有的伴侣们都明白，至少是同住一屋却有不一致时间表的伴侣们。

上午，一个要出门，另一个还未睡醒，大声讲话是不可能了；晚上，一个睡觉了，另一个还未到家。这显然是我们的常态。

小纸条一般放在显眼的地方：在讷伊的公寓，是入口五斗橱的一角；在梅尼尔，是厨房的桌面，或地下室的阶梯；在纽约，是电话旁；在酒店，则是在目光不能错过的地方。

纸条的语气取决于放纸条的地方，也就是纸条的对象：放在梅尼尔餐厅桌面上的，最常见的是阿兰写给家务女工的，落我的名或他的名。冬天，纸条是关于清空供水系统的，房屋取暖要遵循的程序；夏天，是在花园或者室内实现的小工程。纸条是严肃的，精确的。

典型例子。冬天：

取暖：我将温度调节器调到 35，阀门在 4。假如有结冰的可能，只需将顶楼和客房的暖气打开。周五，我将回家，温度调节器需调到 70，阀门在 1.5。谢谢。

夏天：

对于樱桃，考虑过后，最好还是将它们放入冰箱：放在蔬果箱中，在肉盒中（透明塑料），在三层上，放在干净的搁板上（我已经放了两块搁板，空的，作为例子）。放大块的木搁板，要将门大开（不能硬来）。樱桃不需要覆盖或分装。（……）您可以将车库道旁的万寿菊，挪到枯萎的百日草的位置（或者在百日草之间）。

放在台阶上的纸条只有一个接收人：居伊，我们的园丁。到邻村寄出的信，途中给我们的某位供货商带去的支票，要买的东西（种子、化肥、园艺的小工具等等）——不过，首要的以及尤其重要的是，在我们外出时，对他的温室中的珍贵仙人掌们的细致照料清单。

例如：

温室 A，2×2 花盆包围的小小罐子：浇两酱油瓶量的雨水（在绿色的喷水壶中，在尽头），每隔 3、4 天或 5 天，根据温度而定（太阳）。

（……）

地上的 5 盆（除了 2 个黄点）：10 月 3 日和 8 日将桶装满。

至于放在讷伊公寓的五斗橱角落上的，署名为 A——不止一次，署名于洛或阿尔弗雷德（为什么是阿尔弗雷德?）——小纸条，则通常是仓促写就的；阿兰高兴的时候，喜欢玩一些简单的笑话，儿童的词语玩笑，扎姬[1]式的拼写，比如：

---

[1]　Zazie，雷蒙·格诺玩弄语言的作品《扎姬在地铁里》中的小女孩。——编者注

卡恩是捷克人①（如其名所示）（附上了一张支票）。

我明天中午出门去和克洛德·杜朗吃午饭，随后去坐火车（火车突突突）。巧克力，我留下来给自己在梅尼尔咖啡当甜点（有好吃的巴纳尼亚巧克力粉）。（……）A.瑶史哉茨②

或者

INFOMANGÉ STAVOCA SANTARDÉ。③

又或者

摇篮小睡包和小袜袜。雅德拉迪奥弗里戈④。猜想：在将要睡觉的时刻，阿兰提醒我，在冰箱里，有特意为我从菜园中收获回来的小红萝卜。

我在蔬果箱中，为你，放了沙拉小心心。A.

此外，或许可以这么说，好些小纸片都是因为在冰箱中有的或没的东西，和要采摘的水果。这里，是一张我手写在传真纸（新的载体）上的纸条：

好吧。我走了。如果一切顺利，我将在 22 点 30 分到 23 点之间到达。如果你愿意给我摘二十来个覆盆子，加到一小碗草莓奶油里，少草莓多奶油（超多!），那你对我着实太好了。🌊 的吻。

也还有要收割的草，要剪下的花儿。

---

① 原文是 Karn est thèque，字面意思是"卡恩是捷克人"，读音近似 carnet chèque（支票本）。——译者注

② 原文是 Vlaléclé，看似人名，读音近似 voilà les clés（钥匙在此）。——译者注

③ 原文是 IFOMANGÉ STAVOCA SANSTARDÉ，读音近似 Il faut manger avocat sans tarder（赶紧吃牛油果）。——译者注

④ 原文是 YADÉRADIZOFRIGO，看似人名，读音近似于 Y a des radis au frigo（冰箱里有小红萝卜）。——译者注

你能给我带放在小水池中的玫瑰花吗？原来的花束都已经枯萎了！谢谢。署名，花朵装饰（受管）领导委员会🌸。P.S.还有三四枝柠檬（小花园），给这些先生们女士们的小西葫芦菜园。

剩下的是数不清的简单纸条，给不同的人，平常日子中的标识。有一些清楚明白，别的神神秘秘；有一些写上了日期（或者容易推算出日期），别的一些在时间之中漂游：

我另一边的牙齿，有新的麻烦！我要往返一趟巴士底……真操蛋！A.（在2000年左右）。

14点。你想坐飞机的好想法有了报答！法航罢工了！我们今晚坐火车，23点20分。我去拿车票，马上回来。还有，我爱你。A.（什么时候？我应该对这种意外高兴）。

克里斯蒂安·卢卡斯，雷恩人，有布列塔尼口音，他星期六来不了巴黎。他半个月后会来电话。我很"热衷"于向您收取小费。我向您保证，会有的。阿尔弗雷德。

这应该是在我的书《女人的盛典》出版之后，这本书让我多少获得让人满意的众多邀请和不少的相识；阿兰从来不忘向我转达电话。最后一句话是阿兰父亲的口头禅，他尤其宠爱阿兰，这句话他每时每刻都挂在嘴边。

我去内克尔看妈妈身体怎样，我中午去拍摄。吻，A.

我的婆婆，突然一阵莫名不适，被送到巴黎的内克尔医院了。那是在1974年10月，她去世前的几个星期，几个月？这里所说的拍摄应该是《欲念浮动》，也就是《火的游戏》。警报过后，我的婆婆回到了伽桑狄的公寓家中。

文件我已看过。你可以全扔了。我真是高兴！

这说的是我喜好将无用的文件撕成碎片，然后扔到垃圾篓中，或者在壁炉中烧了。总是有心情，总是有魄力！

纽约的出租车通常不知道华盛顿广场住宅区的秘密道路。要对他们精确地说明白，我们的入口是在西三街，麦瑟街的转角。旅游愉快，马上见。阿兰（等你和爱你的人……）。

这一段，写于1993年，对于懂纽约出租车的人来说必然是有效的。

13点30分。我去圣拉扎吃一份小牛排。如果你星期三之前不来梅尼尔，你或许可以帮我将这一段话发电报到阿根廷？预先感谢，待会儿见……还有，厉害呀！A.

所以，他在出发去冈城和梅尼尔之前，吃了一份牛排。不过，这一段话为什么要发电报去阿根廷而不是诺曼底？这我始终想不通。至于，还有，"厉害呀"，这不过是习惯表达，一种感叹，关于一切，也毫无关联。

废纸的问题，你真是挺差劲。为什么第四份既没有被签名，也没有被划去？你现在就要十万火急地将它给我用邮政寄出去了。

在一堆小纸条中，这是唯一对我确实不友好的；我还真是太诚实了，将这也列举了！

我去酒吧的暖和柴火前抽雪茄。我拿了报纸。爱你。

——在巴西，不只有棕榈树和桑巴舞。1995年的8月，电影节期间，在格拉马杜，还是寒冷和一片雪景；一位上了报纸头条的小明星，一身海滩着装，直接从巴黎来；她不得不立即去找一些暖和的衣服。不过，阿兰，在一家瑞士木屋样式酒店的舒适酒吧中，在壁炉的柴火边，抽着他的哈瓦那雪茄，读着报纸。

出于飞机的原因，我们可能被迫在星期六，19 点 30 分出发。我希望这不会干扰你的 SM 计划。不过，我不能为了这个吵醒你。A.

他忍住了是对的：睡眠最重要……

爱的留言：我狂热地爱你。落款：阿兰。

写在一张超小的方格纸上，应该是从一本超小规格的活页本中撕下来的，就像一个在耳语的秘密……不论时间。

在这些简单明了的纸条之后，我要讲最复杂的了：那些收到了某种已读回执，或者对答形式的小纸条。

我写道：1993 年圣约翰的这一夜。洗碗槽的灯控，好吧，坏了！——好的，我之前看到了。我会将这些都拆了。恐怕是修不了了。(……) 我们下次再一起看吧。来自移动的修理工于洛。A.

还是我所写：我还是觉得关于这个主题你应该写信给《快报》，鄙视大学生们是不礼貌的。巴赫、肖邦、马拉美，等等，都没有这么做过。那为什么是马修·加莱伊？——好的。啾啾!! 也是好的。这一张纸条的内容神秘不可解，还需要一些搜索。

我乐意将所有报纸都带去伦敦。你在梅尼尔就能都找到。好吗？——Yes, my dear. ❧

这应该是《世界报》的好几期报纸（因为你在梅尼尔就能找到），他离开之前，因为时间紧迫而匆匆浏览。

在一张记事本的方格纸上，我写了：我们坐船去贝伊科兹吃中饭。6点到7点之间回。我轻吻你。C.K. 在纸的背面，阿兰写道：我在饭厅。或许是为了让我晚上回来，到那儿找他。

贝伊科兹是伊斯坦布尔海峡的一个小港。也就是说，这是我们几十年前在伊斯坦布尔所写（我已经好久不用这些首字母作为签名了）。此前下榻的公寓中一直弥漫着持久的煤气味，我们就搬去了一家酒店（此处标明为饭厅），在一间木头老房子的一楼，房间朝向一条伸向大海的陡峭斜坡小街，每天早晨，都有一位卖博萨酒的小贩，唱着悲伤的歌曲经过。结论：当时是1962年，在帕克酒店，在《不朽的女人》拍摄之前或之中。不过，这个"我们"是谁？

11点。总而言之：如果16点之前你想来SIS录音室，你就来。不然，我只用玛丽-埃芙的声音就可以了。我完成了我的任务。我爱你，A.——最好是你在午饭时候给我电话。那时候我会知道我的日程安排。🌷 ——好。——在1点或者1点半。🐟

我去这家专门的声音工作室录制什么呢？我去了吗？我都忘记了，甚至也忘记了为什么这个签名居然是一条鱼。

阿兰在国外好几个星期的时候，最通常是在美国当"访学教授"，在纽约、圣路易或别的地方，我会给他转寄需要尽快回复的重要信件，附上一些温柔的话语，围绕着 ✗ 、🌷、和不能避免的高兴啾啾。

比如来自 ✗ 🌷 的深吻（伴随着啾啾）。

这没有什么好高兴的！

不过，我发现它们都被热忱地贴在各自的信封上，还有其他不一样的，固定在各种载体上。

这是一包漂亮的行政信件，你可以高高兴兴地给我们报税了，加油，大亲亲 🜲 。我裹得严严实实对抗冰寒（-6℃），跑去给你邮寄！

1993 年 7 月。您将小船从水中拉出来了，厉害呀！新的冰箱到了，哇！我想，将小船放进冰柜也是无济于事。雨水让我的想法和猫须都蜷曲了 🐱 🜲 。

我们从来不养猫（狗也是）。不过，阿兰在信中将我叫作小猫，猫仔……（见《钢笔》一章）

1989 年 9 月。这是来自罗森的一块板（原始的，原封不动）。在汉堡怎么样？你还没有出发，不过既然你是回来才能看到这段手书……（写作者跑到读者的位置上了）。啾啾和所有的 🜲 ⚓ 。 没有仪式。J. 德·贝格——P.S.我要去做一个苹果派。妮可尔致力于（两个 t，两个 l)① 给梨树灭菌。

1993 年 8 月。这么潮湿的天气，你的胡子应该长了！居伊，在理发的时候，会不会也享受好几个小时的阳光呢？啾啾 🜲 。

阿兰在死前一天，写给居伊的最后一张纸条，关于覆盆子苗（见《世界报》）。再不会有别的了……

这些匆匆写就的小东西，一条一条看来，归结一句，也无甚意思，只有一点：除了它们在我身上所激起的温柔的模糊记忆，以这些断续的无所谓重要的瞬间的添加，这些微小的见证

---

① "致力于"的原文是 s'attelle，有两个字母 t 和两个字母 l。——译者注

信件，体现出我们的伴侣生活更有乐趣的日常。

和我的小纸条一起，我找到了他一直放在钱夹中，像圣物一般，被我弄丢坠子的一条苏格兰花呢细带，和这一封信：

1980 年 3 月 29 日

我亲爱的小丈夫：

当我想到你在那边，独自一人在风暴中，在烦恼中，你"汲取"，努力地将你的大作从四面八方的涨水之中抬出，而这是艰难困苦的，我玩乐和高兴的时候几乎心有不安了！

于是咯……我想给你寄一封小小的感谢信，因为我知道你给予了我一切，如果我在庇荫之下，那是因为你用高大的身材，雄壮的心，和浓密的大胡子，保护着我。

所以我想要告诉你这一切，我感谢你，我爱你。🌷🌸 JC

照　片

卡特琳娜原本原样地拍摄世界，阿兰照理应如此地拍摄（拉布吕耶尔）。

我们在一片荒凉的赭石色风景之中，一片被太阳炙烤的石漠，一处非常漂亮的背景，一道带刺的铁丝网横穿而过，风吹来的塑料袋成行地挂在铁网上。阿兰通过巧妙的取景将不雅的元素都剔除了；卡特琳娜，她则将整体都拍摄下来，包括铁丝网和破塑料袋。一边，是初次裸露的风景被固定在了永恒之中；另一边，同一片风景被标记了大写的历史。

光是一切之首……如果在取景器中，物品的光打得不好，阿兰是不会按下拍摄键的：一张图像的美感优先于其内容。卡特琳娜不那么严苛：内容本身就为图像辩护了。

直到我们在日本买了一台小佳能，最早的半自动摄影机之一，我们才开始在旅途中摄影留念：上千张正片经过分类、注明、装箱，封存在梅尼尔的一些柜子中；它们将以美好的方式死去，等到读取的仪器也不再能使用，也就不再有人会看到它们了。

在行动中，我们俩分工合作：阿兰负责在带有敌意的环境中冒险拍摄，需要一点儿身体上的勇气；我则负责在光照或者速度等困难条件下，进行一些大胆的有技术风险的摄影（这让我高兴)。

我的摄影活动一下子忙碌了起来，我认为有必要拍摄我们在诺曼底的家，为书面记录之外留下图像，以及，在晚年，对我们住过一晚或者数晚的所有房间（应邀住的客房、朋友家和酒店的房间）留存三张照片，以此成集：房间内部、从窗户望出去的外景和酒店或客房或朋友家外墙的反打镜头。阿兰有时候出过力，为我服务。

（顺便应该提一提我曾担任他的几部电影的剧照摄影师。）

阿兰的照片堆积在两个纸箱中，满得几乎要溢出了（一箱有胡子的，一箱没胡子的），都是由别人拍摄后寄来的，大小不一：由专业摄影师赠送的肖像摄影，爱好者们发来的研讨会照片，结识的大学生，电影节，拍摄团队，各色各样的邀请会，等等，作家和电影人生涯的路标。

不过，在这片四向开拓的领域里，有一些不可解释的空白，在乍一看详尽细致的铺陈之中，可见一些缺失：结婚照，蜜月旅行的时刻。这一些"不可避免"不是丢失了，而是根本不存在。

为什么？我认为这些不重要：写下来便足够了。

有一些丢失的照片，其存在是被证实过了，至少在阿兰的头脑中；他对其做了以下的描述："我们在布宜诺斯艾利斯的拉普拉塔河岸上登上了一艘巨大的快艇。你在船舷上，尤其小；船舵和你一样高了。多斯·帕索斯，温厚的巨人，他站在你的身后；他在监控操作，准备好介入；一只长颈大肚的酒瓶从他的裤袋中露出来。"

还有一些照片本该存在，假如在当时，我们少一些对风景、建筑和街道的兴趣，多一些关注思考中的思想者的话：不见一张萨特、波伏瓦、萨洛特的照片，我们一起参加了1963年，在莫斯科的一次知识分子会议，也不见阿兰努力向后排上迟疑的苏联作家们传道教化的快照……可惜呀！

毛　发

阿兰和他的头发保持着挺自由的关系。

青年时，当他要去规整一下头发，他会磨磨蹭蹭，去邻近（"附近"）的理发店。这项苦役还会无尽地拖延，如果不是我，在某一天，出于必要，以我的方式，担起了理发师一职的话；我粗略的方式合乎他的心意，旨在所有方向上减少他的发量：让脖颈亮出来，修剪落在额头前的刘海，以及，将他耳轮上的绒毛剪光。我的操作完成后，他快速地用手指在头发中扫一扫，甚至连镜子也不看，便可判断我的成绩：他不爱打扮；许多为他拍摄的摄影师的工作便轻松多了。

为了让开始软塌的椭圆脸型重新给人坚定的印象，我建议他留络腮胡，他毫无困难地答应了；一旦被接受，他就保留到了最后的日子：这么一来，他不用忍受每日的吉利剃刀和剃须刷。他只限于"打扫干净"（家庭的习惯用语），也就是清理一下络腮胡、髭须，当场合需要或为寻求舒适，他就用专门的小剪刀细修。

额外的好处：络腮胡的存在与否，可以判定照片的时期。没有络腮胡的是在 1969 年之前，反之，便是之后。

髭须有一个特殊的地位。我遇见阿兰，它已经僵死了：恒久不变的髭须，毫无怪异之处，不似达利、尼采，或别的人。只要胡须长过了上唇，成为烦恼之源，他就立即剪短。

我想，我应该不曾要求过他将胡须剃掉，以此看看他无须的相貌；我感悟到，他的生命存在于他的胡须，正如他的力量在参孙的头发中。这样的尝试会是引诱魔鬼。

　　阿兰从来不剪去他的胡须，正像他的姐姐——她现在已经疯了——一头秀发垂落到腰间。最近，和一位朋友一道，我们将她的一个抱枕枕套脱下之后，发现了她在抱枕中填满的不是羽毛、木丝棉或者羊毛，而是上千条她的头发的盘卷，像一条蚕蛹大小，细致地收获，在好几十年中储藏起来，这怎么能不是一种与众不同的拜物精神呢？和这次发现相比，阿兰对他的胡须的留恋，在我看来，便属于可爱的迷信。让我们不安地更新……

　　我不觉得自己有权利扔掉阿兰的姐姐以这么一种固执收集的东西，就像一辈子的档案。我将这个抱枕放回，戴上枕套放在抱枕之中，隐匿起来。

四分之一圆木

我们从最悲伤的开始，之后便无须再返回了：渗入手掌的关节病驻扎了下来，让关节活动痛苦，令某些动作艰难，彻底地禁绝了某些手工劳动。关节病迫使他请求别人帮他做最简单的动作：拧、反拧，开酒瓶、开附盖罐、给钟表上链和用起瓶器……在最后的时日中，阿兰自然求助于我，而因为他对我的依赖，他有一天对我说：我们成婚的时候，你比我更年轻，之后，在好几十年中，我们都有一样的年纪，现在，你再一次比我年轻了。

阿兰好久以来都有知识分子的名誉，当然是卓越出众的，可也是不妥协和不服从宗派的：一句话，他不是"乐天派"。人们最终在精神上认可了他，也知道了他是雪茄和优质红酒的爱好者，以及活泼有趣的伴侣（见《酒会》）。

不过，我们是否知道，他还爱好手工，不时地用上木刨、锤子、铲子、瓦刀、整枝剪和手铲？他是城里的细木匠，乡下的泥水匠和园丁……

作为细木匠，在《橡皮》时期，他按规格，用一块漂亮的黄木打造了一个五斗橱和一个书架（一直在用），专门布置在他父母生活的小楼中、三层楼上的小阁楼中。他由头至尾地造出了我们在巴黎的公寓的橱柜、书架和玻璃橱，钉好四分之一圆木条，还有，在墙上，一道我们遵照艺术的规则涂抹和上漆的圆角线。我们去跳蚤市场或者某家旧货店时，阿兰照他的第一眼光来判断一件家具的制造。他拉开抽屉，从侧面看木结构的固定方法：打钉的，属于劣质；"榫卯结构"的，是好的；不过，如果是"马牙榫"（燕尾榫），会更好，无与伦比。

作为泥水匠，他重建了两个可怜巴巴的小码头，在我们的园丁居伊的帮助下，在露出来的基底上，用大块的石板修筑了日式小径，从水的一边到另一岸，能够不湿鞋穿过，日式小径的每一头还有一道石梯，可以不费劲地走上岸。整体的坚固可以承受任何考验（海啸、地震、核武器，诸如此类）；在一场普通的灾难中，它都能在废墟上挺立。

不管是用词语还是用石头，一旦建造，那都是为了永恒。

广　播

当广播从拜罗伊特艺术节①播放出一首瓦格纳的歌剧时，阿兰便上去他的房间，一只手拿着半导体收音机，另一只手持作品的小书；他将自己关起来，安静地听，不将之强加给不喜欢瓦格纳的人，通常而言或者在那个时刻。

他是歌剧爱好者，尤其是十九到二十世纪的歌剧；他对嗓音敏感，有卓越的记忆，而他对人脸的记忆，漏洞密布，引起不少的差错：比如，在毕加索美术馆的一场开幕式上，他在一些来宾面前将雕塑家埃提恩·马丁当作是恺撒，那些意识到误会的人暗暗发笑。多少次，他在路上碰到了认出他的人，说完几句话之后，阿兰问我："刚才这是谁呀？"那是……或者克鲁佐，或者让·维拉尔，或者安东尼奥尼，或者……我在这个层面上虽然不是天分过人，可也不像（也不像现在）他那么差劲。

无须再说他的音乐品味了，他青年时，频繁地听音乐会和独奏会：他好几次，长时间地，在口头或书面的采访中，论及了这一话题。这么说吧，简单而言，比起中世纪音乐他更偏好

---

①　也称瓦格纳音乐节，一年一度在德国南方小镇拜罗伊特举行。音乐节由作曲家理查德·瓦格纳发起，1876 年 8 月 13 日首次开幕，上演的剧目是四联剧《尼伯龙根的指环》。自此每年的主演曲目都有瓦格纳的歌剧。——译者注

现代音乐（他爱阿尔班·贝尔格多于帕莱斯特里纳，爱音乐领域多于精神演奏会）。他是爵士乐的局外人。

生于1922年，自然鲜少听摇滚乐和它的变体；那么小调呢？也不见得。他时不时哼一哼"quizas，quizas，quizas"①。他唱跑调了，他也听到自己唱跑调了。也因此，他不觉得有任何必要增加他的曲目。

---

① 《或许，或许，或许》（西班牙语：Quizás，Quizás，Quizás）是古巴歌手奥斯瓦尔多·法瑞斯创作的一首脍炙人口的爵士乐。——译者注

滑　雪

　　他以一种不冷不热的优雅姿态滑雪，溜冰也不错，方式一样。为了速度而速度，为了拼劲而拼劲，他极少这么做……他游泳的姿势怪异，脑袋僵直在水面上，就像一只慌乱的小狗。他年轻时玩过马术和网球，不甚激烈。

　　团体类的体育运动是他彻底不感兴趣的，而作为知识分子，如果能参与其中一项会是不错的（足球或者橄榄球是偏好的），为了免除脱离群众和群众趣味的怀疑。他才不在乎（我也是）。

钢　笔

　　写字，阿兰一直用一支帕克吸水钢笔，在吸水管里装黑墨水；吸水管坏了的时候，他肯定是直接在墨水瓶里蘸水写；因为比起手指尖下面打字机毫无生命的按键（要是我能说的话，那是作家的爪子），还是手里拿着像羽毛笔一样的东西好。

　　所以，就是这支笔，不是任何其他的钢笔，他用它去誊清书的草稿，用一种极其清晰的字体，圆润的笔迹从他学生时代的作业本到他最后一本小说都没有变过。

　　我把这支笔送给了陈侗，这是他在中国忠实的出版商。

　　在其他情况下，尤其是在要签名的时候，他都把笔留在家里，为了方便起见，用一支（粗线条）毡笔或是一支圆珠笔。

　　R.-G 的签名可能会占据别人给他留的所有地方：什么都没有的空白页也吓不倒他，比如那些留言本；因为好玩，我在他签名的一个圈里，小心谨慎地注上我的签名。

电　视

　　我们在巴黎的公寓里没有电视机。对于看门人惊讶的"你们怎么看电视"的问题，阿兰回答："我们不看电视。"

　　对这个明确的结论还是必须加一些修正的：他（或我们）在外国旅行的时候，他会在宾馆打发时间的时候看电视；他就是这样偶尔、偶然地看到了《达拉斯》剧集的几个片段。他在纽约大学当"访问教授"的时候，我们长期待在归我们使用的公寓里，阿兰的偏好是"天气频道"，非常有用的一个频道，因为那儿的气候太反常了，太诗意了，秋天已经在新英格兰地区层层推进了，却仍然是一片火热；出于需要他也会看看播放旧大陆新闻的频道。不过没有更多了，阿兰的电视文化（如果可以称作文化）总的来说几乎为零；尽管他在六十年代初曾短暂被当作名人代表参加一个什么节目审查委员会——那时候，权力部门还会咨询一下知识分子，不过知识分子很快就被收视率给赶走了。法国电视台那时在我们家安了电视，他的顾问一职卸任的时候，就把这个电视从我们家搬走了。（那时候，我觉得这个想法很可笑，但是，反过来……）

　　我之后为了看让-吕克·戈达尔的《电影史》决定买一个小小的电视，放在（藏在）乡下客厅的橱柜里，所以，尽管阿兰对这个他认为庸俗的中介越来越不信任，我还是变成了这个电视机的偶尔使用者。当他出其不意见到橱柜开着时，他会瞄一眼屏幕，又不发一言地走开，显然还是那么认为，还很恼火我放任自己去看那些只会贫乏的东西。最后，当我听到他的脚步声在楼梯上响起，走进门廊，我会关掉声音，匆匆忙忙关上橱柜门，假装在干一件更加体面的事。

他的偏见接近恶意，不过没用，我好几次在关掉电视机后，觉得他没有完全不对，我刚刚又把时间浪费在没什么意义的事上了。

说了以上这些，大家可能会以为阿兰把所有和电视机相关的一切都抛开了。完全不是。他以作家、导演的身份被邀请参加了无数的节目，在法国，在世界各地，只要化妆不是太麻烦，又是发表一些观点或者支持他喜欢的作品的节目，他都不会太厌恶。他甚至让人录影过，没有太反对，在一年当中由一个很小的团队和一个陪着他的女记者，去了中国、美国（纽约、佛罗里达）、摩洛哥等。这些报导都是要充实他的作家生平记事的，存了很多份，就类似于纪尧姆·杜朗文学节目里放映的连续报导。

我记得在东京的 NHK 电视台的录音棚里见证过威廉·斯泰伦、大江健三郎和阿兰之间对话时的一场录音，赞赏不已。同声传译技巧高超，参与对话的每个人都觉得能直接明白另外两个人的语言；交流过程中没有任何沉闷的时刻，全部都是针锋相对，反应敏捷；美国人、日本人、法国人都被这出色的语言给震惊了！

但是，节目结束后，阿兰除非特别情况，都不会去看这个节目；他不会想着去"看自己"，哪怕是出于好奇；他交给我去负责，如果我觉得好，把这个节目保存下来做纪念。这时我操心的就是记入档案，尽心尽力地去干这个事……在可能的情况下（我很清楚，要向地球上四面八方的人说明我任务的重要性，光尽心尽力是不够的）。

节目制片人没有送给我们节目的 DVD，我在乡下又没办法自己把节目录下来的时候，我就向一些热心的朋友求助（我甚至为此还给一个老朋友送了一个录影机）。

现在这一切都结束了：录影机无声无息了，我的小电视哑了一年多了，我也不想再花费我本应该花费的功夫去捕捉数字时代的旋律；现在，我觉得没有这个必要了。

阿兰，你可以回来了，我再也不打开客厅的橱柜了。

茶　壶

茶壶在桌上……茶壶是由白色的陶瓷制成的。形状是一颗圆球，顶上有一颗蘑菇形的盖。壶嘴是平缓的 S，往底座下稍稍鼓起。把手……。(阿兰·罗伯-格里耶)

不，茶壶不在桌子上。它端坐中央。它始终都端坐中央，在厨房里，绿白方格的草垫上。实话说，最开始它只是阿兰的一个普通的咖啡壶，将圆柱体过滤器拿走之后，它马上被放回壁柜的深处，等到上一个茶壶突然失去了把手及其功能的一天，这个壶才被擢升到了茶壶的行列。

它在一个布列塔尼风格图案的托盘上，在厨房的桌子上，一天只有两回被用上：下午茶，和上午的早餐。

上午，这是一种说法：经年累月，阿兰起得越来越晚了，他不止一次在我午餐时，在我旁边吃他的早餐，靠着窗户，在阳光下，在一个适宜的时间做这件事，远远超出了可被称作早晨的界限。

他有条不紊：开水烫壶，往茶叶上倒冒着雾气的水，泡三分钟。和罗伯-格里耶宗派一样，他只喝锡兰红茶，按 250 克一包卖的 "broken orange pekoe"（较细碎的茶叶），不加糖（或者极少！），加好些牛奶，最好是全脂。

为了避免对我的冲茶方式的可能评价，我从来不主动提出备茶，更何况我的口味更倾向于（噢可怕）茶的香气：正如房间，我们也不分享茶壶。除非我们一起吃早餐。

下午便有所不同，尤其是有客人来，阿兰为他们准备茶的时候；每个人的首要任务，是告诉他各自想喝的数目（1杯？2杯？3杯？），而且，无论他知不知道，茶都要确实喝下去，免得遭主人的不良目光。常客们笑也无用，他们毕竟记住了！

仿佛，在阿兰看来，浪费茶和浪费面包一样应受责备……

他的妹妹安娜-丽斯和我都乐于拿他这一古怪癖好开玩笑；甚至他在佛罗里达逗留期间，我给他写道：今天下午，我们都暗笑（害怕让你生气）着将过多的茶，无怨无悔地，倒入了洗涤槽中。

喝茶是罗伯-格里耶家的传统；不过，让宾客们提前精确地估摸他们的口渴程度却前所未有。

茶壶在放回它专属的草垫位置之前，要将茶叶倒空，用清水冲过；禁止洗刷在内壁上渐渐累积、染上颜色的茶渍；好好想想，我们或许在群众智慧的深处，能找到这一类的谚语："有茶垢的茶壶，才能泡出最好的茶。"

茶要以什么名头呢？

首先，茶是思想的刺激物。阿兰不会坐到书房写作，也不会在观众面前讲话，除非完成了一系列恒定的准备程序：1.吃午饭 2.睡午觉 3.喝一大壶浓茶，在这之后，他感到头脑清醒，思维敏捷，能牢牢把握住创造的力量。

不去讨论他对可可碱的敏感，这是不曾变化过的，我还坚信，这些程序对于他而言不只是"服兴奋剂"，更是遵守一种赎罪的仪式。

如果说在家中或者在租来的公寓中"做1，2，3"不成问题，在旅行之中便困难重重；在酒店，因为不能轻易在房间里获得"饮剂"，我组合了一套可携带旅行装备，用刷牙的杯子当茶壶；阿兰最多小口地喝上一杯：他快快地服下一剂智力的增强剂。

在这样的条件下，我宁可不吃早餐，也不要穿上衣服到餐厅去，对我而言，茶也是不可或缺的。不抗拒的阿兰从餐厅中回来，衣兜都会装满了从自助餐搜刮而来的东西，来喂养他的"小姑娘"：他拿出一颗鸡蛋，然后是一小包面包干，然后一个苹果，然后一小盆果酱，然后又是一个鸡蛋，接着……他要是拿出来一只兔子我都不会这么震惊！

许久以来，在乡下，阿兰都在我起床的时候给我服侍早餐。我房间的护窗板的打开便是信号：如果在房间中，他会听到，如果在花园中，他会看到。他将前一天晚上准备好的托盘拿上来，只需在最后一分钟，加上牛油和热茶便可。

我的茶壶和他的比起来显得朴素得多，他的茶壶是雄壮的（如果可以照我们各自的身材体量而言的话）；从它的洁白光亮之中，透出了一道圣洁的光晕。

我便想到，阿兰死后，他像一个法老一样，和他熟悉的物品一起离世，而最终，茶壶升格为一个骨灰瓮，收集他的骨灰。我会将它放在花园里，在喷泉之上，在他喜爱的万纳第女神小雕像脚下。

让我放弃这个计划的不是它所激起的众人惊诧，而是为了保护好它，将它封存在水泥中都不足以确保真正将它阻挡在蠢人们的恶意之外。

茶壶得以留存，它从草垫到桌面，从桌面到草垫。自此之后，在茶壶内浸泡的，不再是锡兰红茶，而是直接来自南非的芬芳红茶。

它从未改变的存在有如阿兰，我相信，他不会对此有什么要加以评论的。

阿司匹林
（在伊甸园之后或一管阿司匹林）

　　卡特琳娜·茹尔丹的讣告文章节选，作者让-吕克·杜安，发表于2011年3月8日的《世界报》：

　　"金色短发，珍·茜宝的样式。她被卷入幻觉和幽灵的迷宫中，带着让人痴迷的恐惧，走在烈日下的冰冷装饰中，正如作家，同时也是电影导演的阿兰·罗伯-格里耶所想象的那样。

　　"裸体的女孩，她被绑缚，被俘虏，为了满足色情狂们的炽热欲望，他们的性欲都聚集于欲念高潮的逐渐移动上。她身着花衬衫，光着腿，迷失在一个土耳其式的迷宫里，在被遗弃的白色水泥块之中。铁笼里的女孩被发现，双眼被布条蒙住。一个欲望和化身的故事，她拥抱她的影子。正是这部电影展现了卡特琳娜·茹尔丹隐约的美丽，她因肺梗死于2月18日，巴黎，享年62岁。

　　"整整一个时代。生于1948年10月12日，阿塞-勒-里多（安德尔-鲁瓦尔省），卡特琳娜·茹尔丹曾登上《聚焦》《潮流》杂志的头版，当她出现在被视为恶魔的新小说发明者之一，罗伯-格里耶的作品海报中时……"

　　整整一个时代，确实！对于卡特琳娜·茹尔丹，对于阿兰，对于我。她并非只是出现在恶魔罗伯-格里耶的作品中，而且还在他肉体生活中：从作品到肉体，在持续数月的时期中，"在伊甸园之后"，几乎是《伊甸园及其后》的自然延续。

卡特琳娜·茹尔丹会是阿兰唯一的情妇（就这个词的所有意义而言）。在1951年我们相遇之前，他有过可以忽略不计的两次"正常"的尝试，都是短暂且让人失望的。

如同所有生而有名或后天得名的男人，他并不缺少（远胜于此）欢欣的奉送：以为"睡觉"会容易得到承诺的小女演员，打扮得花枝招展的女学生没有正当理由突然上门，陌生的女观众不合时宜地在酒店大堂等他回去，一位女性朋友在一封诱惑人的信中公然奉献自己……如果不飞奔抓住所有这些机会，那会在许多男人眼里显得愚蠢。阿兰，他为此受宠若惊，不过，这些爱情断然不会让他感兴趣，哪怕只是在一口气的时间里。阿兰和卡特琳娜的肉体关系在此后就有了一种独特的形体。

一个导演和他的女演员-明星保持一段"关系"是司空见惯的；阿兰和我，我们所经历的方式就不那么寻常了。

整一个时期……历历在目，我重读我的记事本，从1969年秋天到1970年秋天，我偶尔用一种电报式文体，将阿兰和茹尔丹的感情进展记录下来（阿兰的称呼避免了将两个卡特琳娜混淆；至于我，我继续称呼她卡特琳娜）。

1969年7月8日，卡特琳娜·茹尔丹出现了，在巴黎，克里希广场，阿兰和我，跟她定下会面的海报俱乐部；我们与她碰面是偶然的，因为事实上，伊丽莎白·拉米，一位活泼的年轻演员，已经接受邀约出演《伊甸园及其后》的主角。（意外的是，有一次，她到诺曼底的家里来拜访我们，她带了一些致幻剂，还有解毒剂，以防我们的神游出问题。）

正如我们早前在让-皮埃尔·麦尔维勒的电影《武士》当中所发现的一样，我们觉得卡特琳娜·茹尔丹可爱、活跃。可惜我们没有在此之前就与她见面！下一部电影……我们在第二天就再次相会：在小小酒吧的晚餐，在卡斯特尔的晚会，她在那儿吸引了许多目光；她确实非常漂亮而且舞得欢快。

伊丽莎白·拉米这边，事情开始变得糟糕；七月底，在出发去往捷克斯洛伐克的布拉迪斯拉发，电影拍摄即将开始的几天前，她来到我们约定的地方，她的头发藏在一条头巾下：一位笨拙的理发师用难看的染发剂将它们都毁了。阿兰如受重击；第三天，被毁的头发部分地复原了，而阿兰只有顺应既成事实。再会了，漂亮的金发……

我们已经到达布拉迪斯拉发，万事俱备，不过，8月4号，制片人萨米·阿勒冯在电话里告知阿兰准备好替换病倒的伊丽莎白·拉米。通过电报联系，卡特琳娜·茹尔丹在5号签了合同，在6号，她来到现场，我们发现她将头发剪短了。再见了，美丽的金发……暴殄天物！！

她的珍·茜宝风格的形象被乐意地接受之后，阿兰赞赏他的女演员；她热忱地投入她的角色，印上她的个人风格。

自然而然地，卡特琳娜将三位法国男演员中的一位，S先生，当作感情和床榻的情人，在私生活里如同在镜头中。数日的拍摄中止期间，情人、阿兰和我，我们通过陆路和海路，从布拉迪斯拉发到了突尼斯的杰尔巴岛，之后拍摄重新开始，这对情侣在塔尼特酒店重新组合起来，酒店沿着一片海滩排开的平房为团队提供了住所。一切似乎都在顺畅地进行。

拍摄接近尾声，这时，在9月24日，对其丈夫和卡特琳娜的爱情并无好感的S的妻子突然出现，而卡特琳娜，对情人妻子的突然闯入只有睥睨相待。她转身离去，是出于挑衅，抑或出于怨恨？尽管如此，四十八小时之后，毫无预兆地，卡特琳娜在夜里将阿兰带到海滩上，在月光下，全身心地投入一场诱惑的展示中：接吻、啃咬、屈服；有点疯狂的肉欲；表演的激烈和意外让阿兰心烦意乱。他在好几个小时里都无法安定下来。

自此以后，卡特琳娜对S只有冷冰冰的漠然，让他不知所措；她甚至对我讲一些伤害他的话。

10 月 1 日那天，引诱的场面，如此狂热，在夜里上演，在海滩上，在月光下。

10 月 2 日。杰尔巴岛。阿兰和卡特琳娜的感情被发现了；他们不怎么隐藏；别人无法想象的是，阿兰对我讲述一切，而且这让我高兴，我成了他们的同谋。卡特琳娜，她也知道，并且十分理解。夜里，他们一起度过了一段时间，在我和卡特琳娜以挑衅的方式跳舞之后（事实上，是她在扮演男人而显出挑衅相）。

挑衅让她高兴：我见过她在布拉迪斯拉发的德万酒店的酒吧里，当着惊讶（可能是震惊）的当地团队成员的面，带着浅笑，撕烂了（为什么?）作为她的酬劳的克朗纸币；我还见过，在扎索瓦·沙塔旅店的一次晚宴，她将俄国崇拜者刚送给她的徽章扔到地上，还踩了几脚，斯洛伐克人对这种蔑视的行为报以掌声，他们对于占领者的仇恨是沉默却强烈的。

挑衅并且勇敢，还是在布拉迪斯拉发，她介入调停了阿兰和一个醉酒警官之间的纷争，后者用一记美式勾拳打伤了阿兰的嘴，面对她的决心，醉酒警官犹豫然后放下了拳头（阿兰在《重现的镜子》中详细描写过这一场面）。

10 月 3 日。杰尔巴岛。小吵闹：昨天晚上，在酒吧，阿兰、卡特琳娜和我想必会有一场激烈争吵；这是假的：那个场景完全是另一回事，团队没法相信我不嫉妒、我不在乎。努尔迪纳，只有他，才能知道我的真心话。

10 月 4 日。杰尔巴岛。阿兰整个下午都在卡特琳娜的房间里，到晚饭才出现。卡特琳娜，似乎，越来越性感，越来越邪恶；她甚至展现出屈从的天赋（甚至是被奴役）。

100

10月6日。杰尔巴岛。阿兰和卡特琳娜过了一夜，她应该在早晨5点坐飞机去巴黎。激情、浪漫且成功的道别（阿兰说）。

酒店平房的宽大玻璃墙面向海滩，双层窗帘能够遮光。我和阿兰已经商定，那天晚上的帘子不会被拉上。不能和他们一起在房间里，我将会透过目光加入。当夜幕降临，我走出自己的平房，我看到远处，卡特琳娜的房间透出光亮。不过，到了那儿，我被迫接受事实：浪花和最近的暴风雨弄脏了玻璃，我什么都看不见。我往回走，尤其失望。

10月7日。杰尔巴岛。笑话：卡特琳娜在中午再次出现，因为暴风雨，飞机被迫折返。她说她是回来和我说再见的。阿兰觉得这个意外有些搞笑。阿兰一直睡到晚饭时候，接着很早就抽身出去。和卡特琳娜，一个人，在她的房间里聊天（我们说到阿兰、S和爱情）。我需要和她讲话因为我没别的可做了……

《伊甸园及其后》的拍摄终于结束了。两个星期以后，我们回到巴黎：

10月22日。巴黎。卡特琳娜的电话，她很欢快。我们就要见面了。

10月23日。巴黎。20点，在维克多·雨果广场，斯科萨咖啡馆。我在那里见菲利普·V。噢惊喜，阿兰来了：那么巧，他也在这家咖啡馆和卡特琳娜约会；我们不一会儿就离开去散步了。阿兰和她一起度过夜晚的一小段：他们"重逢"了。

10月27日。巴黎。阿兰和卡特琳娜在乔治五世餐厅吃晚饭，卡特琳娜将他带去她家里；总是这一做爱的渴望。

10 月 28 日，巴黎。我在斯科萨咖啡馆见到卡特琳娜。她看起来有些伤感。我问她我能不能告诉 S 她对阿兰的感情；她说她不在乎。

10 月 30 日。巴黎。阿兰在塞维涅夫人店找到了卡特琳娜，然后去了爱丽舍–蒙马特剧院看《拉伯雷》，他们在那儿遇见巴洛。卡特琳娜表现得不好，就好像她很露骨地要让人知道她是阿兰的情人；他们接下来去看了脱衣舞，在皮加尔广场，然后是她家。

11 月 5 日。巴黎。阿兰不开心：卡特琳娜将回去图尔，住在她母亲家里。（她对阿兰的狂热要求她这样做！）他对我说他的模糊的不满：她并不是他想象的乖巧仆人。他下午在出版社。卡特琳娜去看他，为了亲吻他和表达她的爱情。

11 月 6 日。巴黎。阿兰去看卡特琳娜。他们在拉布什里餐厅吃晚饭，接着到左岸俱乐部跳舞。

为了让她高兴，阿兰将和她一起光顾许多流行的夜总会：卡斯泰尔俱乐部、左岸俱乐部、王俱乐部、星俱乐部，他们不会被人忽略。阿兰不喜欢摇摆身体，于是他看着她，他看着她扭动，像跳跃的、动人的火焰。我看到他看着她，她光辉四溢，她知道自己被看却不看任何人。她是美丽的。我很高兴，甚至骄傲，阿兰能够有如此出众的情妇。这种感情惊吓了我周围的人，但就是这样的。

11 月 7 日。巴黎。阿兰在早上 8 点回家；自从我们结婚以来，这是第一次，他不在家里睡觉；我给过他允许。在火车上，疲倦的他，在旅程的大部分时间都睡过去了。

11 月 8 日。布雷斯特。阿兰向我讲述他和卡特琳娜度过的最后一晚，而且说了一些极有趣的细节，私密的细节，当然。富有想象力的她，在屈从层面有了进步。她似乎从来不会厌倦，而且没法离开床。这么美好的一个人儿！显然，阿兰很爱她。在她的情感外露中，她总是表现出一种通常是公开的，对阿兰来说很新颖的热恋。在我看来，他爱她是自然的。

11月9日。布雷斯特。阿兰看起来幸福。卡特琳娜去了图尔；他不知道接下来会发生什么，不过这不重要：他经历了一段近乎非真实的感情……

11月12日。布雷斯特。在离开凯朗果夫前，我和妈妈说起了阿兰。我对她说起阿兰。我告诉他，阿兰很强，不需要担心。对我而言，重要的是他幸福（而且这并不是我的英雄主义姿态）。她崇拜我的平静，我的安宁。

我们刚在婆母（我更喜欢的"妈妈"）家里过了几天，在布雷斯特的凯朗果夫街。

11月14日。巴黎。阿兰与卡特琳娜在丘吉尔俱乐部见面。他们的夜晚以一场漂亮的分手结束，据阿兰所言，非常成功（可毕竟还是有些伤感）。卡特琳娜去了图尔。至于我，我觉得她下个星期就会打电话来。

11月20日。巴黎。卡特琳娜打电话给阿兰，到 L.T.C.。她已经放弃了她的克制决心，她下周一来巴黎。

自十一月初，除去在午夜出版社的几个下午（当时他是热罗姆·兰东的文学顾问），在梅尼尔，我们在诺曼底的房子的短暂停留，或者在布雷斯特，婆母家里，阿兰都投入《伊甸园及其后》的剪辑里，其间有几次突尼斯的工作样片的放映，演员们都被邀请，如果他们愿意的话，到 L.T.C.工作室来，工作室位于漂亮的圣克鲁城，在巴黎近郊。

11月25日。巴黎。阿兰晚上没有回家；他们在暗道餐厅吃晚饭，在图雷俱乐部跳舞，在蒙塔朗贝尔酒店睡觉。卡特琳娜在颠倒和"脏"的趣味上有了进步。她对阿兰的热情变得炽烈。至于我，我在 L.M. 的家里吃晚饭，不认真地和他做了爱（阿兰的黑暗游戏肯定更让人满足）。

一天晚上，阿兰坐在我的床边，他说他对我只有轻浮的艳遇而感到遗憾；我没有像"茹尔丹"或者与她同等重要的人。我安抚了他的顾虑：我并不找寻这样的东西……一切都好！

11 月 26 日。巴黎。阿兰和卡特琳娜去看《特工 X27》。他们在巴勒扎尔餐厅吃晚饭，在那里遇见了费雅梅塔。卡特琳娜想带他去酒店，但他决定了回家而且坚持。她赌气。喝过一杯"她和他"之后，他乘出租车送她到她家楼下；她希望他能够退让；他不退让；她生气；他们互相分开，没说一句话。

11 月 28 日。巴黎。卡特琳娜给他打电话，她的气恼不会太久。

接下来的三天我将在梅尼尔度过，我邀请了 S. 和他的妻子，她谨慎，活跃，能干，我们一起在最初的积雪上，在阳光下长久地散步。阿兰在早上和晚上给我打电话，我将他讲述的他和茹尔丹在巴黎共度的时辰记录下来。

11 月 29 日。梅尼尔。阿兰在香榭丽舍大街找到了卡特琳娜；他们一起在梅尔西埃参观和吃晚饭，在布洛涅森林酒店过了一晚；她不想离开那个酒店，那个房间（又一次）。

11 月 30 日。梅尼尔。阿兰和卡特琳娜去科洛纳音乐厅；他们在那里遇到莫里斯·勒鲁；然后她去了图尔。

12 月 2 日。巴黎。与阿兰阔谈，关于各自的周末。

12 月 9 日。巴黎。晚上，阿兰要在图尔的一家电影俱乐部介绍《说谎的男人》；卡特琳娜去了车站接他。

12 月 10 日。巴黎。阿兰白天在图尔，和电影俱乐部的人一起吃午饭，然后是在大学的一场讨论。卡特琳娜陪着他到处去（和他在酒店过了一夜之后）。她甚至在晚上和他一起回巴黎。

12 月 16 日。巴黎。阿兰和卡特琳娜在香榭丽舍的巴黎餐厅吃午饭；然后她陪他去 L.T.C.。但她不想参加样片放映；她立即就回图尔去了。

我认为，她不想见到我们，S.和我……

12 月 25 日。卡特琳娜会和她母亲一起过节，如我所设想的那样。

1 月 3 日。布雷斯特。阿兰写了一封情书给卡特琳娜。他让我读出来。我觉得它很美，我让他给我抄了一份。

这就是所说的信：

赠予我的小发妻，一封从布雷斯特，1970 年 1 月 1 日寄予我的漂亮情人 C.J. 的情书的誉抄副本。

看着您
看着您在火车站的大厅等待
看着您前行，修长且笔挺，向着我
和您走在无人的街道上
感到热，感到冷
抱紧您
闻您的香气
失去您
找到您，和您一起
看着您

看您的嘴犹豫
您的嘴唇认真组合出无声的词语
听您的声音在犹豫中讲一些
困难的事情
猜测缺少的词语
触碰您
拥紧您靠着我
抚摸您的嘴
紧抱您靠着我
闻您的淡哈瓦那雪茄气味
以指尖滑过您的皮肤
伤害您
撕裂您的肉体
感受您的嘴唇在我的身体上
看着您蜷曲，挺胸，躬身，
缩成一团
看着您的眼睛在混乱的床的深处睁大
抚摸您
玷污您，洗濯您
感受您身体贴紧我移动的气息
少女的气息，新鲜的血，活力的海绵
镇定你的身体靠紧我
感受我的生命在你嘴里流动

1月5日。布雷斯特。妈妈问我阿兰和卡特琳娜的事。我对她畅所欲言。她似乎很焦虑。我试着安抚她。

我的婆母对我有如她的宝贝女儿；她担心我会不幸，或者，更糟糕地，阿兰会离开我，他被一种无法抗拒的激情卷走。不是，我没有不幸（正相反），而至于阿兰要离开我，我可从来没有过半点这样的疑虑。

1月11日。巴黎。阿兰在23点左右出门；C.J.刚从图尔回来，她抱怨头疼。他殷勤地出门带给她一管阿司匹林，他在深夜回来。

1月12日。巴黎。卡特琳娜打电话到家里；她想知道明天在 L.T.C. 的放映时间（而且尤其想知道阿兰今晚是否有空）。通过我的回答，她能理解他没空。她好像不知所措；这是自十一月来我第一次听到她的声音；她应该费了大心思才给这里打电话。我们很简单地说了两句，就好像我们昨天才刚见过面那样。

那个时期还没有手机；要联系上阿兰，她得一步步来：先打电话到 L.T.C.，然后是午夜出版社，最后才下决心拨通他的住所的电话号码。她知道我远远不到敌视她的地步，而且我总是给她所有她需要的信息，将她的话传给应收的人，没有丝毫勉强自己：这是自然而然的。

1月13日。巴黎。《伊甸园及其后》的首尾相接的3个小时的放映。C.J.参加了。阿兰和她在"地下铁"吃晚饭。在她家过夜，她的一位去了山里的朋友留给她的小公寓。

1月14日。巴黎。晚上，卡特琳娜参加了阿兰给巴拉丹夫人的学生做的报告讨论会。他们在马厩餐厅吃晚饭（圣热奈维埃夫山）。阿兰在半夜回家。

1月17日。巴黎。C.J.打电话来问阿兰今天是否有空。我模模糊糊回答，我也不知道他想做什么。阿兰提议她来和我们去看电影。她拒绝。她宁可放弃见阿兰，也不要见到我，好吧！

她对阿兰的爱情日渐强烈，她的痴恋让她要求得越来越多，而我的存在对她来说是一个障碍：我是多余的！我不恨她；她的拒绝，我觉得可以理解，极其"正常"。我却做不到更隐蔽……如果不支持自己还能怎么办?

1月18日。巴黎。卡特琳娜被激怒了：昨晚，阿兰没有选择她。在电话里，她用一种稍微冷淡的语气和他讲话（阿兰这样说）。一个小时后，她再次给他打电话，温柔地恳求一次约会。19点，他在斯克萨咖啡馆见她。他们在李树餐厅吃晚饭，去看性感俱乐部的表演（不错），在她家里过夜。

1月20日。巴黎。将近20点，卡特琳娜打电话到家里，借口与工作有关。她从我这得到了她唯一在意的信息：阿兰今晚是否有空。我们的对话是欢快的，没有丝毫尴尬。

1月22日。巴黎。樊尚学院。和大学生关于文学的讨论；座无虚席的阶梯室，等等。卡特琳娜见到他的情人那么出众又那么好斗，肯定会很满意。

1月26日。梅尼尔→巴黎。当我到了巴黎，阿兰告诉我卡特琳娜在片刻之内也会到，从图尔，坐火车来。他多多少少算是答应了要去找她。为了避免他迟到，我自己开车将他送到车站，然后马上回了家；没人能比我更好商量了！阿兰并不拖延；他在凌晨1点左右回到家。

1月27日。巴黎。阿兰在花神咖啡馆见茹尔丹。他们在韦纳伊街上的一家餐馆吃晚饭。卡斯泰尔俱乐部的晚会。蒙塔朗贝尔酒店过夜。

1月29日。巴黎。阿兰和卡特琳娜去《美狄亚》的首映；他们在幕间休息时离开了大厅，电影太无聊。他们在福波尔-蒙马特大街吃晚饭，到星俱乐部跳舞。他在家里睡觉。

一月的摘要。卡特琳娜越来越迷恋阿兰。爱他的精神是自然的，不过爱他的身体，那就更加奇怪了！如果换在一个俊小伙身上，这种盲目的爱恋或许没那么怪异。阿兰是第一个感到惊讶的：从来没有人在身体上如此依恋他。不过，他保持远离；这段爱情的过激让他疲乏：太多嫉妒，太多无法解决的心理问题。她的"胃口"是巨大的，不过阿兰不想将自己奉献给她；她要求的自由，阿兰并没有决定要付出给她。这样，我自己的隐没或许也不会改变什么；我的存在，显然，对任何事情都不适合；她是与众不同地排外。多可惜！如果她少那么一点"传统"，这件事会是多么激动人心……

2月2日。巴黎。阿兰打电话告诉我，他要在卡特琳娜家里过夜；他们看了《萨蒂利孔》，在比亚利兹电影院；阿兰和我一样兴奋；他们在香榭丽舍大街，皮诺披萨店吃晚饭。

2月3日。巴黎。阿兰和卡特琳娜在穆夫塔尔街的一家餐馆吃晚饭，然后在她家睡觉，巴特利亚什街。

节目单重复上演：在这家或那家餐厅晚餐，餐前或餐后去看表演，然后，去一家夜总会，在她家或酒店过夜，不是这就是那……记录这些时间，即使只是简明扼要地，让钟点的连续变得可感受，因此而安定人心（见"记事本"）：虽然他们的时刻表缩减到不剩什么，它还在继续，简单却没有空缺。简单得就好像，习惯被确定后，意外就再也没有它的位置，也缺少有趣的细节；总之，无事可记……无事可记，除了这些由阿兰精确地说出名字的地方，将我带入他们的闲逛之中，模糊迷幻，这里或那里，去往那些我熟悉的地方（圆顶屋，卡斯泰尔俱乐部，等等），或者别的我不知道的；于是，我想象，这也一样。

2月4日。巴黎。阿兰到午夜出版社。卡特琳娜去看他，为了抚摸他，对他做新的表白。

2月6日。巴黎。卡特琳娜打错电话到了家里；我们友好地阔谈，对话大方自然。

2月11日。巴黎。阿兰在 L.T.C. 的剪辑办公室接待卡特琳娜。

2月15日。巴黎。因为阿兰不同意出门，卡特琳娜居然接受了，到家里（自然是我不在的时候）来看他。她是不是做了很大的努力？

2月16日。巴黎。在 S.I.S. 做后期录音。突然再见到卡特琳娜让我不知所措；我的尴尬只持续了一会儿，然后消失了。我和法里、理查尔，甚至卡特琳娜一起在餐厅，度过了冷场；晚上，我将阿兰和卡特琳娜送到马约门广场；他们在乔治餐厅吃晚饭。

2月17日。巴黎。后期录音继续。阿兰和卡特琳娜去马力尼放映厅参加《蜜月》的首映，他们在放映当中离场了，电影那么糟糕。然后去了依偎慢舞必不可少的王俱乐部。

2月18日。巴黎。一听到阿兰打算去梅尼尔和布鲁日旅行，卡特琳娜就开始哭；她期待别的，和她一起的几天假日。阿兰觉得他们在走向分手，因为他们的观点不可调和（她不想参与到他的生活里）。奇怪的是，这一点不让我高兴。

阿兰在他们的关系伊始，就向她提出了一个如愿的浪漫旅行，原则上说，没人会拒绝的：威尼斯的"蜜月旅行"。为什么她拒绝了？现在她渴望了，可现在他不想要了；我明白她为什么哭……

2月23日。巴黎。Cl.·桑班在他家里组织了一场萨瓦火锅。卡特琳娜给他打电话，她不能来：在阿兰、S.和我之间，她会感到不自在的。

2月24日。《摩托车》是一部糟糕的电影。卡特琳娜扮演一个小角色。阿兰去她家里看她，不过他在家里睡觉。

2月27日。布鲁日。勃艮第公爵酒店。好啦，我也学卡特琳娜，我也离不了床了！我们还是在夜晚之前散步了一会儿。

3月2日。巴黎。阿兰和卡特琳娜和 M.法诺去听音乐领地的音乐会，然后在圣米歇尔河畔酒吧吃晚饭。阿兰在卡特琳娜家过夜。

3月4日。巴黎。他们去看一部反萨德的电影，以《道德的不幸》为素材拍摄（商业骗局：拯救道德，同时借萨德之名吸引观众），然后去亚历山大家里吃晚饭。阿兰在卡特琳娜家过夜。他告诉我他那天晚上表现得异常出色。

3月8日。巴黎。我在4点睡觉，11点醒来。阿兰没有在家里睡觉；他在下午中段时分才回来。我们互相讲述昨晚的娱乐；他和卡特琳娜去加沃音乐厅，听洛文古德四重奏，然后在金肉店餐厅吃晚饭，在左岸俱乐部结束。阿兰对卡特琳娜不是很满意（除了在床上，自然的，所有的问题都能摆平）。她的生活越来越支离破碎；她的脸色不好，容易生气，承受不了建议；她做傻事，和《法国晚报》的摄影负责人吵架，因为后者选了一张她觉得糟糕的照片。还有各种计划的节奏不断加快却又紧随着放弃收场。她借钱度日，借来的钱立即花在买衣服上，旋即又将衣服扔了。这种生活不能给她任何满足；实在糟糕。今天下午阿兰和她分开，有点尴尬。

3月11日。巴黎。卡特琳娜去了出版社，对他表白。

3月12日。巴黎。今天《费加罗报》上有卡特琳娜漂亮的照片。

3月16日。巴黎。阿兰带卡特琳娜去雷卡米埃剧场看《等待戈多》。在卡奈特街吃晚餐，在她家过夜。

3月17日。阿兰对我讲，她请求他陪她去她家；他不情愿地随了她去，不过，因为他憎恶被限制，在一夜未眠之后，他就离开了她，不怎么高兴。

阿兰需要空气是轻的，是流动的，没有任何东西会重压、堵塞或者威胁他生命力的脊柱：写作。由此他对于亲密无间的恋爱才华浅薄又乏味，因为这会一边蚕食一边吸收、压抑和影响他独有的领域，他（那么知名）的小工程需要安静、安宁和对"大脑空闲时间"的控制。

我遇见阿兰时，他已经开始了小说《橡皮》的写作，他预先对我说，对他而言，文学是优先的，他一个星期只能见我一次。这没有让我过分伤心，我既不要求亲密，也不要频繁的约会，更不需要别人来照顾我的消遣："一个人玩"，我一直都知道该怎么做。

只要这适合我，那我也适合他。

4月4日、5日、7日。夜晚不断重复：晚饭，夜总会，整夜或半夜地在卡特琳娜家里，不过突然有变：11日和25日，阿兰在家里接待她。

为了能在几个小时里看看我们的阿兰，而阿兰又显然不想"出门"，卡特琳娜不管乐意与否，还是同意了穿过巴黎，走进公寓，尽管我有一阵子不在，公寓里却能感受到我的存在。只有几个小时和他在一起，在他家，结果没有睡觉：必须说清楚，"在他家"，也是在我家，而我总是会回老窝里去，不管钟点，即便在黎明时分。我难以承受在一张陌生的床上睁开眼睛，在一具缓缓变得漠然的身体旁边醒来，正如睡眠，私隐中的私隐，是不能同享的，更遑论醒来。（见《床》一章）

我不在"外头过夜"，在这个特殊的时期，显出了我与阿兰的区别。

4月25日。巴黎。阿兰和 C.J. 在圆顶屋餐厅吃晚饭，接着是卡斯泰尔俱乐部。

四月摘要。巴黎。《伊甸园及其后》公映。对于 C.J.，反响很好。她的愿望被满足了。

尽管影片只获得一些冷淡的评论，卡特琳娜·茹尔丹却是那么出色且出众，在接下来的几个星期，她的可选角色增加了，其中一个是约翰·福特的电影的主角邀约，在最后一刻，她突然放弃了，然而她的戏服在等她，一切都已就绪，至于缘由，阿兰和我无从知晓。

无理的决定，受情感的掌控，她在这之后会感到后悔。不过这是另一个故事，而整个故事与我无关……

5月10日。巴黎。布鲁斯·莫里赛特家的招待：阿兰最晚到又最早走，为了能和C.J.在她家会合。

布鲁斯·莫里赛特就是那位美国大学教授，他第一个对阿兰的文学感兴趣，并且为他写了一篇划时代且为他扬名的文章。

5月11日。巴黎。阿兰在晌午前回家。

5月20日。巴黎，阿兰和C.J.，以及制片人拉萨的助手，在13点出发去南希，为了《伊甸园及其后》的发行。

5月21日。巴黎。阿兰和C.J.、穆萨尔继续他们的巡回放映。

5月22日。巴黎。阿兰很高兴但疲乏地回家了，疲乏是因为采访以及和卡特琳娜一起的夜晚（然而十分让人满意）。

6月1日。巴黎。阿兰和C.J.在18点30分在森林边缘有约会。他们在圆顶屋吃晚餐，然后去王俱乐部。阿兰看她跳舞。或许他也跳舞？几乎不用扭的慢狐步舞，很有可能。

6月2日。巴黎。阿兰在早上回家。

6月3日。巴黎。C.J.去午夜出版社见阿兰。她以为阿兰会去突尼斯（她即刻就要出发去做模特拍照）与她会合然后他们俩一起直接去柏林电影节。他断然拒绝：他喜欢在巴黎见她，不过他不想将他的生活剪成两段。卡特琳娜无法承受这个拒绝，她决定再也不见他。在蒙帕纳斯车站的广场上，一场悲伤的分手。

6月7日。布雷斯特。和妈妈一直谈话到夜里。她问我关于阿兰和卡特琳娜的问题，关于他们的关系的进展，关于我的感情。

6月16日。巴黎。阿兰和C.J.在德西里埃餐厅吃晚饭，她已经忘记了分手的决定。他陪她回家，为了"帮她盖被子"，但早早就回来了。

6月19日。巴黎。C.J.参加了在阿斯尼埃尔电影俱乐部的《伊甸园及其后》放映后的讨论会；他们一起去香榭丽舍大街喝了一杯。

6月27日。柏林。喝倒彩。失败主义的风气。卡特琳娜哭了。

《伊甸园及其后》在柏林电影节的放映引起了嘘声一片。演员们垂头丧气。阿兰处变不惊。

6月28日。柏林。阿兰去卡特琳娜的房间安慰她；她因为这次贫乏的电影节而感到失落，还有阿兰的冷漠（他当然是照顾我的，因为他们此前已经决定在柏林不会"再续前缘"了）。他们和几个电影节的参与者去湖岸边散步。在我们下榻的酒店，堪匹斯基酒店的烤肉餐厅吃晚饭。晚上在新伊甸园。卡特琳娜，没有理会我的存在，对阿兰表现得十分温柔。她缠着他，亲吻他，抚摸他。他惬意地由她弄，甚至在跳舞时表现得十分温柔。

6月29日。柏林。游动物园。卡特琳娜独享阿兰。她的爱意越发明显。她搂他的腰，脖子，抚摸他的脸，牵他的手，总是在他耳边说话就好像我并不存在。而且她还忽视我：她不看我，我对她说话时也不回答我。阿兰最后对她说他觉得这样的情景难堪。在堪匹斯基酒店的烤肉餐厅吃晚饭时，她尽力对我说话。说实话，这些真的不会让我难受，或许除非是对于第三者来说（不过有什么重要！）。我觉得这还更加让我兴奋。

不是，我并没有因被忽略而获得特殊的快乐。正相反，我的见证的需要（就好像我的窥看的冲动）因为目睹而得到满足。在那个冬天，游戏在设想的场景中，阿兰是被渴求的物体，而一位漂亮女人的恋爱方式胜利般的展示，不仅没有让我心碎，反倒让我兴奋。我感到自己的矛盾：我是不那么受情妇的恼人和（非常）过分的态度影响的妻子（竞争的感觉并不出于我）；我也是那个，因在一旁远观一场她自知身处危险的撩人场面而头脑中的色欲得到满足的女人。即便如此，即使第三者无关紧要，我还是被困于一个与表面相冲的不适角色中：当妻子和情妇处于明显的冰冷局面，错误被强迫地划归走投无路的妻子。这一矛盾的情景，阿兰最后觉得它不公，而且"讨人厌"；它强化了一个决定，在一小段时间以来，他以这样的方式阐明：我已经有两个房子，两份职业，我不想有两个妻子。

他们的关系在柏林电影节之后柔缓地解开了，就像从拍摄于冬天和春天的《伊甸园及其后》所生出的"在伊甸园之后"，在某种方式下，无法延续。

在夏天，C.J. 还是来过两次电话：在七月，圣阿兰日；8月18日，庆祝阿兰的生日。以及最后一晚在卡斯泰尔，最后一次在富凯餐厅的晚餐。于九月末，她对他说她就要去拍阿勒比科科的电影了。他们已经两个月不见了。

12 月 7 日。巴黎。在《N 掷了色子》的后期录音之后，阿兰和 C.J.、她的新情人（一个聪明的小伙，阿兰说）喝了一杯。回程中，卡特琳娜激情地亲吻阿兰，就在她情人面前，在车里。

我们每隔一段时间就会碰面，在许多电影节上。茹尔丹想要重续旧情。阿兰不想，他确定那只有一种"回热"的趣味。这段过去，对他而言，已经死了。

终

我在上文写到，我知道茹尔丹和阿兰的公开恋情毫无危险，我想说的是：对我没有危险，我从来没有感觉到被抛弃的危机。

他经历这段恋情的方式让我感觉自己也和他一起历经每个细节，追随感情的波动，在爱情的光芒中，在它的中间色调中，和它消退的时刻：对我来说，这就像一出剧，扣人心弦。

千万别从这里头推断出我曾通过阿兰亲自介入同性恋的幻想当中去！我从来没有吸引过，那些预先不对我产生吸引的人；不过，茹尔丹对普通的女人没有吸引力，对我也如此。

我是知心的朋友，而不是被可怜的小谎话（顺便一提，阿兰绝对不是个会说谎的人，这可让他遭过罪）骗过去的妻子——这是传统的做法。我也不是被丢在一旁，等着丈夫回家听他讲话的妻子。我有我自己的别处，而为了将这一章"在伊甸之后"保持在合理的范围内，我会撇开不谈。我是受优待的密友，而阿兰有朝一日离开我的想法甚至没有闪现过。

当我心如磐石地相信阿兰的可靠，相信我们不可能分手，深知我们关系的"透明"会将我庇护在任何变幻时，我怎么会产生哪怕一点犹疑呢？

阿兰和我之间的这种透明关系是没有先入之见，没有初始合约，甚至没有考虑过的，它只是因为我们的特异性的自然倾向；当阿兰不在家时，他会明确地告诉我阅读他的信，不管信件来自什么地方，有些信件没法一下子想到其来源。这就是我们既保持距离又拉近了联系的鲜有的方式，即便在我们婚姻之初，我的艳遇得到了授权，在讲述过后，也就混杂进了其他的逸事当中，毫不重要。

在我们某些朋友看来，这种透明如此让人艳羡，他们也将这当作榜样，冒着可能因为脆弱的敏感和鲜有坚定的性格，而在一条错误的道路上倾覆的危险。他们都倾覆了。

我远远没有想过将这相处方式当作秘方推荐给别人……

只是因为那是他，因为那是我，我对我们有信心。时间证明了我的正确。

骨灰瓮

我们在阳光灿烂的温室之中。阿兰站在我的面前，他正值壮年。我惊讶："你似乎已经死了……"——"是呀，"你回答说，"似乎，我不明白为什么……这真古怪……"

他的死亡证明对我这么说了，讣告、文章、电视节目、哀悼信，一切都在向我重申；我的理智知道。我的梦在怀疑，向我显示相反的内容，让我觉得这种消息"很奇怪"，我还以为，如果他不在，他是去旅游了。我们各自的事务让我们时常分隔两地，多少次我独自一人在巴黎的公寓或诺曼底的房子里，毫无痛苦可言！孤独，我已经习惯了……看吧：阿兰去旅游了，永无归期的旅游……

2008年2月18日的夜里，在医院，乔伊斯·卡罗尔·欧茨和我一起失去了丈夫，她的雷，我的阿兰。在2008年2月18日的白天，被抑制不住的哭泣所摇撼，沾湿了好些纸巾后，我们还要将他们的"个人物品"从医院中清走，面对要做的准备，不可回避的忙乱，我俩还怀揣着额外的悲伤动机：她，心碎欲绝，她的雷死时周围是夜班医生队伍陌生的面孔，而我，惊诧不已，全世界都在我之前知晓了阿兰的死。应该是一位医院领导在清晨时分通知了法新社。

我感觉自己被剥夺了这一段悬空的时间。这一段从无人知晓到众人皆知的喘息时间里，我的阿兰还只属于我，之后他便成了阿兰·罗伯-格里耶，众所周知的新小说教皇，等等。

我立即被吸进电话呼叫的旋涡，和我不可能躲开的寡妇的现实和义务，不过，我也不可能在强加给我的角色中感到自在，这种奇怪的着装让我透不过气。欧茨从雷·史密斯离开的最初时刻便替自己穿上了这件衣服。她自称为"寡妇"[1]，她渗入寡妇的群体，成了她们的代言人，她们在经历着和自己的不安一致的疯狂痛苦、不可承受的孤独、被遗忘的恐惧和自杀的倾向。她相信，一个失去了丈夫的女人首先是一位寡妇，被"遗留"的人，她写道："一个寡妇，无论情境，无论年岁，难道不就是发疯的李尔王的变体吗？"不，我不觉得自己被"遗留"了。

她从自身的应对之中描述了一张典型的寡妇肖像，我只认可一小部分：不错，我和她一样，经历了无尽的事件，不眠不休的疲惫夜晚；不，我从来不怕在我丈夫的生命中发现一个"我毫不知情的"秘密！她不敢在火化之前去看雷的遗骸，也不敢去参加葬礼。我看了阿兰的最后一面，在他安眠的丧礼房间中。他的双眼合上，平静睡眠中的安详脸庞让我感到安慰；我见证了他的葬礼。

我不像她那样会听到一个内心的声音哀怨地说："你不会将我忘记的，不是吗？我只有你了。"如何忘记一个其作品（被阅读、被再版、被翻译）继续流传的作家？如何忘记一个会让你从各处细节，从几十年共同生活中锻造出的习惯中想起的男人呢？无论这些习惯被坚守或被抛弃，在影子当中，都有他的魂灵在笑，在点头认可，或扮起鬼脸？我们有事无事都提起他，他的存在或不存在鲜少让人怀旧，他每时每刻都在对我示意——这里不缺玛德莱娜小蛋糕—— 他的存在或不存在对我来说几乎都是正常的，我也会回以致意："还好浇了几次

---

① 在《我得以存活》，菲利普·雷伊出版社，2011 年。

水，你的杜鹃花已经安然无恙地度过了干旱的春天；覆盆子的收成特别好；总体而言，你的花园都坚持下来了，不过，其他的……其他的，事情越来越糟：我们如此坚信的欧洲，间隙日渐增大，或许还会解体……东方在下滑之中……文明中的阵痛。你也许走得正是时候……"

不太早，不太晚，"死得其时"，尼采也许会这么写。我猜想，这一道忧虑在他的无意识中已经在运作了，当阿兰消失的时候：他的时刻来了。他只剩下两个旅游计划：一个是在巴西，一个是在希腊，他作为法国嘉宾出席萨洛尼卡书展，讲述他引起轰动的《情感小说》（大胆的选择）。在 2007 年，他也是以《情感小说》合上了文学的这个章节，以《格拉迪瓦在叫您》结束了电影的章节，庆祝了我们的 50 周年婚庆，起草了他的遗嘱（甚至还填写好了数月以来悬而未决的一些行政手续）。他将身后的门关上，不吭一声便离去了。他优雅地、不抱怨也不权衡地去了。

他未曾完全消失，因为我将他的骨灰带在身边。在他去世的周年，在一场私密仪式中，他的骨灰从被交到我手上的玻璃瓶转移到从布雷斯特之家带来的一个花瓶中，一个深蓝近乎黑色的漂亮花瓶，有三只把手和长长的粗陶眼泪，沿着内壁流落下来。当我想到，没错，当我想到我可能会被剥夺！

有许多疯狂的禁令在打击这些毫无伤害的身体残存，似乎一下子成了可传染的：禁止在家中保存，禁止在大自然的任何地方撒播，禁止……这些禁令都是对死者的尊重！将骨灰放在家中珍藏怎么就不比将它们倾倒在所谓的"记忆之地"的草坪上更显尊重了呢？那地方对骨灰来说，不过就是对遗骸来说的公共墓地罢了。

幸好，这一法律不具有追溯效力。不过，万一，哪位勤勉的公仆想要将我和我的骨灰分离，那么他就要从我的身体上跨过去。无须多言！

阿兰，在含泪的漂亮瓮中，你的骨灰照看着我，就好像家神，监看着我们的家宅。

碗　碟

碗碟在家庭生活中扮演着有益的角色，因为砸碎碗碟在冲突中可以起到发泄的作用，没有碗碟，这暴力冲突可能就会进化成拳头，或者会求助于餐刀甚至是擀面杖（尽管这东西可能不会再用了）。

因为阿兰和我都不是粗暴的人，我们除了不小心，从来没有砸碎过碗碟。

再说，我和阿兰有过夫妻吵架吗？一次真正的、的的确确的、值得记载的吵架，有谩骂和激烈的吼叫吗？我可以说没有。原因嘛……我们之间紧张的时候，阿兰对我提出强烈指责时不会提高嗓门，不管这指责有没有理，我会固执地一言不发，离开现场；没有了冲突的对方，吵架就"进行"不了。

之后我们再碰头，就像什么都没有发生过一样；事件就落幕了，没有风暴，只有一阵冷风。

反过来，轮到我批评的时候，他牙缝里会冒出一句"妈的"或者类似的词，就打住了所有谈话。他很难忍受批评，越来越难忍受批评，不管这些批评来自哪里；但是因为我说了我要说的，我就不坚持了。仔细想想，为了那些几乎总是无关紧要不值得生气的小事去做毫无真实目的的谩骂有什么用呢？真正重要的事才是文明交流的对象。

所以夫妻间的碗碟不会变成碎片飞溅；静静地被摆放在桌

上，根据我们各自的身材和胃口：大碟子大勺子是阿兰的，小碟子小勺子是我的，非常相称。

谁洗碗碟？阿兰和我都洗，完全用不着组织一个高峰会议来决定这个！在公平这个问题上，我们是楷模。

水 杯

　　为什么要在我们的餐桌上放一个水杯呢？既然我们两个都不喝水？阿兰只喝酒，我什么都不喝。我究竟看见过他喝过水杯里的水吗？他口渴了，要吃药了，就截断水龙头里的水，掺一点果汁。

　　但是（反过来？），讲排场的日子，我出于美学考虑，绝对不会忘记在阿兰面前摆上一个在每位宾客面前都会摆的水杯，和酒杯摆一起，即使这个水杯注定不会加水。阿兰会悄悄地把水杯推开。

红　酒

假设一瓶葡萄酒三天喝完——这个数是没有掺假的——阿兰在我们婚姻期间也就是说五十年零四个月当中喝了多少瓶葡萄酒？

$365×50 = 18250+120 = 18370$ 天

$18370÷3 = 6120$ 瓶

所以他大概喝了 6000 多瓶葡萄酒；因为我不喝葡萄酒，可以把这个数全部归到他头上（我的功劳是用一个小抽气泵把开动了的酒瓶抽成真空，这个抽气泵只有我知道怎么用）。我不喝葡萄酒，不是原则上的拒绝，而是因为缺少对葡萄酒的鉴赏力。

像任何一个葡萄酒的爱好者一样，阿兰很难理解我不能赞同他的热情，他常常把他的酒杯递给我，说："尝尝我这个！"我并不讨厌这样，也很期待能够像克洛岱尔在巴黎圣母院的壁柱后面一样突然醍醐灌顶，但是恩宠没有降临到我头上，我不得不把杯子递回给他，提醒他，这么宝贵的液体，他那么喜欢我却不怎么喜欢，给我喝是浪费，实在太可惜（如果我是个悲春伤秋的，肯定会抱怨上帝在我身上剥夺了一项广泛的公共乐趣；但是可能我的情况还没有很令人绝望，因为我对滴金庄园的甜白酒还是有点感觉，还有晚收的葡萄酿制的一些甜果酒我也不是没有感觉）。

阿兰精挑细选自己日常喝的葡萄酒（这一种数量最少）、高质量的葡萄酒，通常是红葡萄酒（他不喜欢白葡萄酒）。要是他要开一瓶很特别的葡萄酒，他绝对不会一个人喝，他喜欢和一些品酒的行家朋友一起，用高脚水晶玻璃杯，激动地去品尝（好白菜可不能让猪拱了！）

社交晚餐或者朋友聚餐，不管是在城里还是在餐馆，只要礼仪不禁止，我们两个就挨着坐。尽管我并不想端起酒杯到嘴边，还是会让人给我斟满酒杯。阿兰小心翼翼地往身边挪来挪去，用他的空酒杯替换我的酒杯；这个动作做得那么灵巧，我稍微一分心到另一边的邻座，就完全意识不到这个把戏，尽管这个花招很明显，甚至说这是我们早已预见了的。坐飞机的时候，我会问他要哪种酒，于是我的那瓶酒就会从我的小桌板移到他的小桌板上。

在国外，他对当地的葡萄酒很好奇。在法国的时候，尽管他并不忽视罗纳河谷产的葡萄酒，但是阿兰是不折不扣的波尔多葡萄酒的拥趸（他甚至是波尔多葡萄酒学会的成员），他的一个亲近的朋友是勃艮第葡萄酒坚定的信徒，其结果就是，我们在就餐时免不了一而再再而三地被卷到波尔多和勃艮第各自优点的毫无新意的争论当中去。阿兰坚持波尔多葡萄酒"整体"都不会比勃艮第葡萄酒那样让人失望。他们在黄葡萄酒上达成了妥协：夏隆堡黄葡萄酒（精华中的精华）获得了他们的青睐。

阿兰也是所有赫雷斯雪莉酒的狂热爱好者（我们还在一次去西班牙的旅行当中参观了那儿散发着酒香的阴暗的酒库）。他是个大行家，要是你做出感兴趣的样子，肯定就免不了要接受关于"薄纱葡萄酒"（vin de voile）制造的完整的阐述。他生来就是教育家，非常乐意对自己喜欢的主题进行授课：除了葡萄酒，还有雪茄（哈瓦那）、仙人掌、植物学……我就得益于他对各种即时的、例行的主题讲的各种（迷人的）

课程：尼采、行为主义、十二音体系音乐、量子物理、海德格尔、叶绿素的作用等等。他对各种思想体系很感兴趣，但是对"名人"不感兴趣，他对名人几乎一无所知，以至于在其中好像有一种反时髦的倾向。这是错的。

很多作家借助酒精来刺激自己的才能，阿兰和这些人不同，从不在写作前喝酒；他需要在进攻白色的稿纸前保持思路清晰，需要在面对辩论、讲座、访谈等一切说话形式前保持战斗的思想斗志……他认为酒精会让他变得过分宽容，变成"老好人"。

他从来没有表现出醉了的样子；我个人只见过两次他摇摇晃晃：一次是在斯洛伐克，为了配鱼排，喝了一些他相信清得像水的白葡萄酒；还有一次是在巴黎的海事博物馆，一个电视台组织的宴会上。导游还殷勤地给我们叫了个计程车（确切地说，一辆轿车），把这个摇摇晃晃的老先生送到住处去，我可受了折磨了！

阿兰酗酒吗？不，和他的女同行玛格丽特·杜拉斯不同，后者还为此就很滑稽地批评他。他，他没办法完全地沉湎其中，不能彻底地迷失（不能）！

他对葡萄酒的爱好让我现在保留了几瓶出色的酒，我用这些酒款待那些精心选择的朋友，他们在举起酒杯时肯定会说："谢谢，阿兰！"

汽　车

我从来没有见过阿兰开车。不过，他在做农业工程师给香蕉树治病的时候曾经开过一辆吉普车，但那是以前的故事了，在我们认识之前，那时候在马提尼克，驾照好像不是在路上在车里得到的，而是在咖啡馆的潘趣酒上得到的，保证的不是他司机的资格，而是他喝酒的资格：他曾经在撞到一棵榕树时把榕树连根拔起（他最后承认这棵树被白蚁蛀空了，他的功劳只是把树皮撞掉）。一想到会掉进那些排泄热带暴雨的水沟里，他就害怕。考虑到自己开车就成了公害，他一劳永逸地决定放弃开车，同样地，对所有和车相关的东西，不管是不是自家的车，他都不感兴趣。尽管如此（在这方面和其他很多方面一样），我还是能够完全自由地选车、买车和……开车。

我首先把车看成一个有用的工具，绝对不会受到那些显摆的品牌、提升开车的男人（当然也有女人）身价的品牌的吸引。但是要是我有这方面的愿望的话，他也不会反对的，因为他只能区分雪铁龙 2CV 和梅赛德斯，超过这个就……我只限于法国普通车样式（一开始的时候是一辆二手的雪铁龙），只会在不得不换的情况下换车：五十年五辆车，这很少了，我觉得。但是，为了我们穿越美国的长远旅途，我会高兴地租一辆马力十足的豪华轿车。

阿兰的冷淡和无能所产生的不便，是在任何机械小毛病情况下都帮不上忙，除了，在可能的情况下，推推车。不过，他不会评价我的驾驶方式，像那些让人发笑的纠缠的丈夫们所做的一样："小心……转向……逆行……超车……小心。"不过，两位在巴黎或诺曼底的年轻朋友却对我坦陈过，阿兰可毫不保留地，合适也好，不合适也罢，对他们做出评论，该走的路线，或者，在等待过程中，不要走的车道（长时间下来，这可会让人尴尬）。他不喜欢安全带，有时候，为了免去劳苦，他会坐到后座去。

对我来说，他是一个让人惬意的乘客，好奇心满满。当我们行驶在一片风光绝美的乡野时，他让我每一百米停一次车，我也不会焦急赶路，他从车上下来，更近地观看当地的植物，我喜欢这些灌木前的站点。

按照命令停车，这对许多司机来说是痛苦的，他们丝毫体会不到植物学者的感动。温柔的他在路边瞥见了就会想要细致观察的罕见虎耳草或者各种幼苗，却被他的同事，只对严肃的事情感兴趣的森林农学家，戏称为"小厕所"。在一次沿科西嘉海角的散步中，一位朋友几乎火上心头，要发作一通，因为阿兰想下车凑近去看每一株他从窗口望到的"小厕所"。愤懑的司机不情不愿地答应勉强停一小会儿。空气中有火药味。

车　厢

当我们乘车往冈城去，阿兰、他妹妹安娜-丽斯和我，自然就出现在列车的前头，第二列车厢中。我知道，"车厢"（wagon）这个词是专属于牲畜、货物运输的；要说乘客，应该用"客厢"（voiture）……我承认，这是出于字母 W 的方便……不过，话说回来，卧铺车厢该怎么算呢？乘客？牲畜？半乘客，半动物（"40 个男人，8 匹马长"）？

不论客厢还是车厢，我们乘火车来来往往，从北到南，从东到西，我青少年时梦想的快车："巴黎—威尼斯—的里雅斯特—贝尔格莱德—索菲亚—伊斯坦布尔""巴黎—柏林—莫斯科""巴黎—维也纳—布达佩斯—布加勒斯特"……我们走遍了美国，从纽约到梅里达，在尤卡坦半岛，穿越了阿根廷和安第斯山脉，在日本从札幌到长崎，坐西伯利亚铁路到过符拉迪沃斯托克，还有其他遥远的目的地，携带精简到最少却收拾得当的行李（阿兰声称我极具组织能力，证据是我的行李箱中带了一把小型伸缩梯子，方便到上铺去）。

难道，像他对我说的，他对铁路的偏爱和他的电影《欧洲快车》的主题让阿兰受邀成为首列高速火车，巴黎—里昂的首次行驶的嘉宾，还得到优待，和弗朗索瓦·密特朗一道，参观了驾驶舱吗？

X

阿兰经常熟记一些文章段落，不管是不是文学作品，只要他赞赏其语言；他随心所欲地在家人、朋友面前背诵，为了不忘记，也为了让他们发现文章之美。我就是这样获得了一首布勒东（从何而来？）的散文诗、瓦莱里的《年轻的命运女神》（长段），和《税法》的一个段落，它在一个灵活、完美链接的句子中，不多不少地，凭借典雅、明晰和精准说明了减免税的原则及其条例。

他不止一次让我惊讶，背诵了一些我从来不曾从他口中听闻的文章。这些文章在他青年时候储存下，一下子，从他的记忆深处，毫无减损地，在数十年之后浮上水面。

他最爱讨论的作品之一，便是马拉美的 X 十四行诗。朋友圈迅速地接上了步伐，以引用来冲击：谁出一行诗，谁接三行押韵诗节……

从有和从无之中都可以发明出戏谑的模仿，由此便有了这一封城堡之信，以我的名义，感谢在一个度假之地的"亲爱的法诺朋友们"，在他们比伊莱巴罗涅的家中居住之后：

致米歇尔·法诺
（作者是演讲的卡特琳娜·R.-G.）

我亲爱的米歇尔

请再一次接受你朋友们的恳求
致老梅兰多勒，在你的天堂绿色中
从阿斯泰利克斯所磨损的罗马桥上
直到鸽子们啄食的塔楼顶上

当一只始祖鸟的鸣叫回响
在幽门的深处有一道押韵
向伟大的法诺呈现他不晓得的绿色词语
为了立即嵌入他的 yx 诗节

我的感谢却会从双耳尖底瓮溢出
我们毫无恐惧地堆叠过剩
高贵的马拉美 yx 的韵律学珍视

谁在凌晨夜晚的天空中照亮
剑羚游泳的水池边
它们尚且生还的震惊

总而言之：感谢 x！

卡特琳娜（别忘了法奈特！）

酸奶（瓶）

酸奶，阿兰将它吃完；瓶子，阿兰将它放置好。这样便有了在地下室，由瓶子累叠而成，不断长高和增厚的柱子。为何目的？这能用上。用来做什么？用来，比如说，有一些比较微妙的组合，洗洗毛刷，然后……"你永远都不知道"。

不只有酸奶瓶堆积起来，还有白色奶酪的圆的或方的罐子，尤其，还有果汁瓶，塑料的，倒空了，全都一模一样，垒起来，散放，或装在纸箱中；最开始，瓶子的增多的理由是：将这些瓶子装满水或者饮料，带给在森林中某个地方劳作的工人们（清扫、伐木、掘树根的工人们），这些瓶子不怕摔坏。无话可说。不过，在重新使用的可能性之中，也许容器的容量和外形应该更多样才合逻辑，好适应不一的需求！并非如此：他所收存的始终是同样的模型，那些他个人使用过的，这就给了他某种独一无二的使用权了。

这一种占据对他而言如此必要，以至于他在我的眼皮底下骗取了他怀疑我想要丢弃的容器。不无道理：为了减少让我做噩梦的侵蚀，我缓缓地，不动声色地，将最陈旧的一批除去，好好忍住不去碰最新纳入的收藏。

在地下室，食物贮藏室旁，还有堆到天花顶的纸板箱子，越堆越高用处也就越来越小：确实，怎样才能从底部抽出一个箱子——这本身就是困难的操作——而不让整堆都坍塌呢？不过，至少说体积和规格的多样化给了这一堆积一个可接受的解释。可是严格统一的塑料品怎么也堆成了系列，没法解释。

这种强迫性的保存背后究竟有什么不明的完整倾向呢？我还在问自己。一些人（那些知道的人）会判断说这"正好揭示了……"，可究竟是什么呢？

保存，不保存……或许这不过是一种必要性：对抗死亡，也就是，一面是摧毁，一面是窒息。

保存，不保存，这是一个问题（that is the question）……（见《档案》）。阿兰去世几个月后，当我旅行回来，发现我们的居伊，出于自以为的好心，将整个地下室中阿兰所有的拥塞储藏都清空的时候，我猛然间不知所措：挑选，丢弃，没错，不过，居然在我还不曾发话前就扫个精光！

我开始用理智的方式，不紧不慢地，补充这一些（他的）或许有用，或许无用的储藏，因为，"你永远不知道"。

Z

Z，是一道屏障，无可回避，阻止我再在这条崎岖的纪念道路上"蹦跳着"向前。

但是，在离开的时候，问题蜂拥而出，杂乱无章，无休无止：我有没有记下来阿兰特别喜欢肉排、生鱼、浓郁的奶酪？他很难保守秘密，就好像秘密烫了他舌头不得不说一样？他很乐意信任我的指令？我有没有说过，他是一个"忧心的乐观主义者"，用委婉的说法强化我们的思想，说"生活不是完全坏的"或者"情况很好"？对于任何坏消息，他坚持要我毫不迟疑地告诉他，哪怕他并没有什么可以来补救这个坏消息，而我相反，没那么勇敢，一心想知道得越晚越好？我有没有强调，他对自己的肯定、对自己道路的肯定，让他有效地避免了那些摧毁性的批评？我有没有……

一个必须提出的关键问题：如果他从我身后靠过来读到《阿兰》，他会怎么想？一个宽容的玩笑，说"小家伙，去吧！"但是除此以外呢？他也许会感兴趣，但是会不会惊讶？他会不会赞同我强调我们独特的感情和性？这些我毫不肯定，除了这个：他会一只手放到我脖子上，为了不触怒同时代的人——他们会觉得在苦难的海洋中还存在一个幸福的小岛是不合适的，会很生气——在我耳边低声地说："我们相爱过，开心过，我们很幸运……"今天依然，我，因为你，而幸运。是的。

后记，卡特琳娜和作家

艾曼纽·朗贝尔

2008 年，大作家阿兰·罗伯–格里耶去世。那是发讣告的时期，不管文章是否友好，多少是准确的。在纽约大学，他的朋友汤姆·毕肖普组织了一场纪念活动。卡特琳娜·罗伯–格里耶和我，我们在那儿进行了一次随性的对话。两件事情使得对话自然地发生：在罗伯–格里耶的档案来到法国当代出版纪念协会（IMEC）的那些年我们长期协作，以及我写的关于罗伯–格里耶的作品（《我的大作家》，新印象出版社，2009 年）也起稿于他离世之际。

哀悼期间，这位女士一度被某种轻佻的记者手笔描述成"欢乐的寡妇"——笨拙的词组，讽刺的兴味，对于一种少数的性取向来说——她是悲伤的。她能撑住，她喝一些兴奋剂饮料来缓解头疼。当她说起他，用的是现在时，她兴奋起来，展露笑容。她说我的书有一点不好：这是一个年老作家的肖像。她的阿兰，哪怕老了，甚至死了，也是年轻的。

几个月后，她希望通过写作来唤起对丈夫的记忆，我们将共同创作一本对话录。她在书的《前言》这样表达：现在他死了，她自问他还会留下什么。必然有他如同镌刻在大理石上一般的永恒杰作。一些手稿，一座房子，一些植物，一些树木。一批仙人掌收藏。还有属于她的回忆。她说，记忆就像俯瞰群山。有一些峰峦露出头，一些被云雾遮盖。我们选不了显现什么。不错，她想写这本书。

她一开始就紧张起来。不过，程式是清楚的，定期访谈。每周二都专属她，在下午，因为早上她要睡觉，她这样颠倒地生活六十多年了。不录音。我们见面是在她家，在咖啡馆，或者在安静的大酒店。我们的谈话应该为作品提供素材，也许是一本访谈录之外的东西：让娜·德·贝格/卡特琳娜·罗伯-格里耶是一位作家，当然，她被一道文学的光辉所掩蔽，可她毕竟是作家，也就无须遮遮掩掩了。她会写的。

书的形式在一年后定了下来，遵循日常物件的名目，从这些不起眼的入口，小心翼翼拉动记忆的线索，将能窥见更重要的事情。这合乎他们的个性和品位的现实，正如她本人的风格特性：线性，精确，有条理。只需在内部重新分配记忆，只需她开始写作，头脑时刻留心自己站在分隔两种危险的绳索上：疗伤的书（哀悼，悲伤），或在逝者的参考书目旁显得不值一提的书。这一些碎片将20世纪最重要作家之一的光芒四下发散。因此，她肯定这些微小的事物能吸引别的一些人。

我们每一次的见面都一直存在一种尴尬，仿佛一种误会。她喜欢谈论他，本来他在生前对于自己就啰嗦得够多了。我们，书的读者，他们关系的旁观者，我们期待她能谈论隐藏的自我。她拒绝，因为她要的是一本短小的书，这是格调的问题，最好别再铺展。每一次访谈都因这种克制也是谨慎受挫。卡特琳娜习惯于表演他人的内心（让娜·德·贝格是性虐仪式的女主人），而非自我。

这种克制还因为罗伯-格里耶夫人憎恶差不多、闹着玩这种业余心态，她希望写作一本回忆的书，她也就遵守记忆的规

137

则，不精确。简明扼要（隐忍克制？）是她的焦虑疗法：关于他要尽可能地精确已经是一场冒险了——幸亏，她有那些她称作"小本"的著名备忘录，最大限度地记录下了事实——假如还要兼顾自己……

一开始她的话语就很凝练，限制在已经为人所知、双重验证的轶事，一是由他自己在其小说化的自传中，一是透过她，在构成其个性中心的小本上——她难道不是说过她写这些小本是为了确定曾经活过吗？她在意坚实的记忆。在不断的讲述中，记忆更加牢固，过去更加真实。

还有一种更朴素、更宝贵，也更温情的东西悄然显现：她一遍又一遍重复的故事，大部分都让人开怀大笑。玩乐的时光过得快，而罗伯-格里耶，出了名乏味的作家，是她能想象到的最好笑的人之一。她想要谈论的是他，她想要召唤的也是他，这让她重新欢笑起来：她的关注回到了能安抚她的话题上。这些重复有其乐趣；有生活趣味的逝者，回忆起来也更美好。

于是，一切都往一本夫人回忆先生的书的方向汇集。更准确地说：她回忆他们，向我们描绘一幅罗伯-格里耶夫妇在日常私密中的肖像，因为回忆他们，便是回忆他。这是她将写作的，对我们也足够了。

不过，即便访谈在书中消失了，它们依然是第一手材料。起初只是谈论，接着这种谈论成了衔接的形式：卡特琳娜谈论他们是为了单独谈论他，不过，谈论他这个人，最终也必然谈到自己。也就是，这一辈子都一起过活了，事情最终都混淆在一起——有时候她惊讶地说："这毕竟也是我的生活。"没错。她讲述他们分开居住时也互相理解，他也喜欢重复这一点，她讲起他们合二为一的生命，他即是他们，即他身后的她——阿兰之外的卡特琳娜。为了领会实质，即她的话语的诚挚，说出"我记得"时颤抖微弱的嗓音，那必须进到她的记忆之中去，她是如此厌恶内省，更甚的是分析。她必须先将自我展露才会让人知道谁在说话。这篇后记就是她的肖像。

这种自我保留的态度并不是初次。在她的第一本书《图像》中，她藏在一个男性笔名让·德·贝格背后，之后才女性化为让娜·德·贝格，在1985年的《女人的盛典中记述了数场性虐仪式。她收到许多来信，主要来自男人——只有七封是女人写的。人们责怪她不够展露自我。她说过，她有双重人格。讲述让娜·德·贝格，她的戏剧化自我，她的严肃创作，不会有任何困难。只有卡特琳娜·罗伯-格里耶躲了起来。

1957年10月23日，卡特琳娜做民事登记时改姓罗伯-格里耶，在塞纳河畔讷伊市政厅，她和未来的新小说魔王成婚的日子。这时"新小说"这个术语才发明不久，就在五月，由《世界报》的专栏评论家埃米尔·亨利沃一并评论阿兰·罗伯-格里耶的《嫉妒》和娜塔莉·萨洛特的《向性》时发明。

在场的有卡特琳娜的三个妹妹，伴娘米什琳娜，一位金发的模特，她送了一顿自助餐，因为她和卡迪翁饭店的老板相熟。卡特琳娜不记得阿兰·罗伯-格里耶的伴郎了，也许是热罗姆·兰东。双方的母亲不在场，说起来非常好笑。父亲们是在场的。在两个家庭中都是父亲维持生计，采购，养育小孩。阿兰·罗伯-格里耶的父亲，加斯东，在第一次见到卡特琳娜的时候，问阿兰她是否成年。

四十七年以后，她以自己的名字出版了第一本书。《新娘日记》，他们婚姻头五年的日记。她在书中讲述了他们的日常，他们的性虐生活，她丈夫的性无能。他觉得这非常好，鼓励她出版。他以前常说，他厌烦那些男人的自尊心问题，而卡特琳娜深知罗伯-格里耶的自我归结在他认为成功的作品之中，而非他的性表现。

她说自己没什么形象，看不出自己有任何特殊之处，除了自己的矮小身材，寡淡胃口，畏寒（字面意思），冷漠，拖延癖好，瓶子还有一半就满也会知足的心态。不管怎么坚持，能从她的心底获得的一切只是一种空洞的印象。过去的三年里，她允许一位坚持不懈，心怀好奇的瑞典女导演拍摄她。或许，导演能捕捉到她人格中的某些东西。

要想理解她，便要回到卡特琳娜·里斯塔基安，作为四姐妹的老大，她很早就有了责任感。这个姓来自亚美尼亚，她的父亲以法式读音会念作"里斯塔克"。他曾在众人保险公司工作，在1939年参军时发现患上了肺结核，战争期间都在疗养院度过，他的雇主还继续付他一点薪水，另外他用玻璃珠做成首饰卖给别的病人赚些钱。她的母亲在今天会被称作"家庭妇女"，她个性忧郁，委婉的说法，其实是患有躁郁症容易发作，家里获得了巴黎六区慈善会的一些救助。

女孩子们去了西永圣母寄宿学校，她们在那儿接触到了上流社会的人。卡特琳娜说，那里是做善事的。她们无需交学费，享受宗教机构的基督徒的赞助。她强调，直到今天，她依然对此心怀感激。

寄宿学校的许多纪律秘而不宣，而这位小女孩懵懵懂懂，只是怀疑副校长在监视宿舍。她强调，孩童时候，她在性方面纯粹是天真无邪，甚至是无辜，天真到她今天为此惊讶，必须强调这一点。这个头脑中从未有过坏念头的年轻姑娘，却有一股潜力，被有性虐嗜好的作家挖掘。追究其起源会是复杂，甚至不可能的，再说，这肯定因人而异。她解释说，她接受的殉教学的教育或许有很大关系。

不过，在她称作修道院的寄宿学校中，还有别的事情在起作用：为了在成长期穿得够久，鞋子特别大；蜂窝状的轻薄毛巾擦不干身体，而同学们用的是漂亮又厚重的吸水毛巾。这就是区别。这样的细节在记忆中留存。后来，卡特琳娜立誓再也不会经历这种低人一等的羞辱。（不禁让人想起让娜·德·贝格，她将契约式的屈从的感受变成了一种艺术）。

如今她八十二岁，姓里斯塔基安的卡特琳娜总会想起那种遥远的感受。她想永远地离弃它。

冬日的下午，在塞纳河畔讷伊的中产阶级公寓中——装饰线，书架，成堆的书，一张红沙发，填满鹅毛的抱枕，柔软的扶手椅，还有一个空画框。墙上是一张著名的照片：让娜·德·贝格头披面纱，显得卡特琳娜的双眸明亮、深邃、冰冷。她的小手留了短指甲，红色甲油，完美无瑕。她沉默着。那天，在平淡无奇的谈话中突然响起一句：卡特琳娜·里斯塔基安不想要贫穷的婚姻。

他们开始交往时，阿兰·罗伯-格里耶对她说得明明白白，她只能排在他的人生大事——写作之后。那是 1951 年，他将满三十岁，故事已经为人熟知，他放弃了农业工程师的职业投入写作。他在一次大学生火车之旅中遇见了即将二十一岁的漂亮姑娘，她看起来像是一个小女孩，正合乎他的恋童幻想。他自称作家，确信已经找到了自己的位置，即便他未曾发表任何东西，尚未。她这一边，正被一位厌烦的情人所占据。等她离开了情人开始和作家交往时，她还找了另一个小未婚夫，这不过是一种说法，因为他们还不曾正式订婚，而且他很高大。他三十多岁，在外交部有一个好职位（"地位不低"），不知道同时期卡特琳娜和作家还有关系。到了时候，终究要在两者之间做选择，在他们的秘密关系持续的时期，阿兰·罗伯-格里耶将另一个人叫作卡特琳娜的假老公。这个细节很重要；她深信他们的关系幸福透明，尤其是她之所以会倾诉自己的艳遇经历，是因为在最开始，她背着丈夫吐露一切的情人，便是罗伯-格里耶。

假丈夫毕竟让她获得了两个社会地位的象征：一件貂皮大衣和一枚钻石戒指，今天还戴在左手的无名指上，另外，左手上不见有婚戒。他包养她，支付她在巴黎多努街单间公寓的房租。她用转租的租金和作家成了婚，出于向往，她还买了一件二手貂皮大衣，从一位旧情人的皮衣商父亲那儿。假老公是她希望结合的好配偶，不过这也不太可能，因为她穷。可是，在读完女子高商的非常严肃的学业之后的一段时间，她也任自己被包养。这比工作有趣得多。她甚至坐了第一艘去往苏联的船，和一些名人们一道，所有的费用由她的假老公支付。她在船上认识了一位情人，还将这一切都写进给罗伯-格里耶的信中，他感到有趣，因为，归根结底，他对什么都觉得有趣——这样可不只会招来朋友。

用情至深的作家却说不上是一位好配偶。他住阁楼，家具是自己造的，辞了工作，不过，她喜欢他，哪怕她很难把他看作一位真正的作家。她还不知道，数年之后，他将成为好多人心目中的先锋作家，高举自己的观念和文学的观念，对他来说，这几乎是一回事。在那之前，有一天他惹恼了她，她就离开了未出过书的作家。接着她读到了《新法兰西评论》上他写的一篇小短文，她想他还真是个人物，便回到了他身边，直到永远。

此后，卡特琳娜·里斯塔基安的回报体现在一场旧式婚姻之中，她和一个既是丈夫也是父亲还是情人的男人一起，他保护你，还帮你缴税。一个有名的男人，一个对自己的才华深信不疑的作家，带她领略那么多事物，写作、坚韧和自信。她认为自己太走运了，享受了传统主义的好处——税单——和一种超乎寻常的性自由，后者会为她的权威角色带来世界性的名誉。

她蜕变成卡特琳娜·罗伯-格里耶后获得了庇护。她在他特殊却可爱的家庭中得到庇佑，她将之称为部落。部落里首先有罗伯-格里耶双亲。他在《重新的镜子》中已经写过了。他们古怪，深爱自己的孩子，也因此爱卡特琳娜。她说起这个家庭，好像一切都是欢乐的，甚至他们非常个人化的词汇。她在那儿是幸福的。这场婚姻给了此后定义她的姓，让她成了部落的成员，她的身份有了光明之地，远离了焦虑童年。

这条路线表现出一种家庭妇女的女性主义，自由来自于男人，她在用了配偶的姓的同时获得了自由，她全心地生活在这种自由中，别的人也许将之命名为自主。她欢笑着肯定自己的无责状态，这将她排除在了主动的、有所建设的、抗争的女权主义者圈子之外。她远离时代的斗争。卡特琳娜是女性主义者，因为她坚持一个不容商榷的简单想法：女人不能被定义为受害者。由始至终，她都从一个原则出发：女人对自己负责。她将这当作她的准则，她的首要条件，因此她激烈反对目前禁止戴面纱的法规。

她毕竟属于那一代女人，懂得为性行为而秘密堕胎意味着什么。如果进展不顺，死亡；如果一切无恙，那便是苦痛、折磨或许还有恐惧。假如被人知道，上述种种，还要加上耻辱。对她来说，一切都顺利。她的一位情人支持她。

不仅仅是为此就决定不要孩子。他们相识之前她堕过胎，这是她在关系初期选择无插入的性爱的决定性因素。这便是《新娘日记》所叙述的：一位天真的少女，能让她避免怀孕的性游戏她都服从，从中尝到乐趣后，她化作一位实际的少妇，发现丈夫的性无能后也欣然接受。这么说吧，半满的酒瓶。

这对夫妇坚持不生育是出于对不受控制的疯狂的恐惧。卡特琳娜的母亲精神失常，阿兰的父亲，怪人一个，他的妹妹安娜-丽斯收藏毛发（见《毛发》一章），很特别。卡特琳娜在青少年时期曾经厌食症发作，接受过精神病诊疗，而作家的头脑中的某些东西在文学表达中找到了一个幸福、安全的出口。不然的话，他或许会走上恋童癖的犯罪道路。不，他们宁可不要，她始终相信这样是对的。

母性的情感让她惊喜并且心怀钦佩，尤其是她婆婆伊冯娜将她当作自己的女儿疼爱。怀孕的生理过程让卡特琳娜印象深刻，变形的身体，从母亲处汲取养分的寄生者。总之，器官的暴力。她坚信自己不可能挺得过这样的经历，照她的说法，她不过是一个小生物。女人们分娩的时候她便心安了，因为她知道无须再看到她们巨大的、充水的体型，这让她不安、恐惧。身体通常会引起她的怀疑：她的身体保持在节制当中，她从来不裸露身体，始终拒绝和任何人分享房间。让娜·德·贝格坚信将她的身体当做一种人造的机器会让她逃过衰老的劫难、欲望的衰竭。她得以摆脱无趣。

如今卡特琳娜有一位伴侣，是罗伯-格里耶生前遇见的一个女人，他非常欣赏她（她有许多优点，尤其是她非常了解莎士比亚的作品）。她美丽，活泼，积极，比卡特琳娜要年轻得多，对卡特琳娜许下了忠贞的誓言。她们的契约封存在一份书写的誓言中。有时候她自问能不能在卡特琳娜死后继续生活，她认为不行，因为她们的关系固定在单向上：她因卡特琳娜而活，为卡特琳娜而活，她谨慎地殷勤服务，用她所有的关心与爱恋包围卡特琳娜，无论何种情境。卡特琳娜感到惊讶，不过，罗伯-格里耶已经向她证明过，情感的力量可以让人经受住对象的蜕变，直到终结。

1968 年对她是一次解放，不是说 1968 年的道德革命，她不曾参与那场大型社会运动。她不参与政治，恐惧泛泛而谈，晚年才站队签署了一份为自愿卖淫辩护的文件。《343 荡妇宣言》① 她没有签署。不曾有人要求过她。她不出名，她不过是

---

① 《343 荡妇宣言》是一份由 343 名女士共同签署的宣言，通过承认自己曾堕胎，以提倡堕胎权。当时法国法律中，堕胎属非法行为，联署者无疑是将自己置于受刑事起诉的风险中，宣言在 1971 年 4 月 5 日刊载于《新观察家》。——译者注

一位作家之妻，一辈子都备受女权主义者们的冷眼——1975年，一位记者问罗伯-格里耶为什么他所有电影都展露裸体年轻女子，他回答"因为我是异性恋"。那时他已经停止了所有的性关系。

这或许是一次巧合，1968 年也是卡特琳娜摆脱母亲的不幸的年份，从出生以来她一直忍受着母亲絮絮叨叨的抱怨。她是这么说的：里斯塔基安夫人的遗憾多到溢出来，有一天，她来拜访羡慕甚至嫉妒的女儿，一个自由生活的女人。这一天，她坦陈后悔拒绝了驾驶教练的求爱。一下子，卡特琳娜在内心放下了对母亲的遗憾，不再为她母亲不曾经历的生活而感到内疚。她的母亲开始得有些迟，四十多岁过后才发现了性爱的乐趣，才开始拥有情人。该怎么说？无话可说。卡特琳娜还是相信她的母亲在性层面"相当疯狂"，不仅在性方面。

在 1968 年，她选择了轻松的生活，这成了她新的教义，也是她精彩生活的标志，她的小记事本能作证。

摆脱了母亲的不幸，摆脱了修道院教授的宗教思想中的罪恶感之后的信仰声明，是否能解释一年后罗伯-格里耶遇到了除她以外唯一爱恋的女人时她的无动于衷呢？她在《阿司匹林》的文章中详细地原样叙述，有她抄录的记事本上的长篇段落。"茹尔丹"是丈夫的章节，随后是"樊尚"与妻子的章节。当她开始写这本书的时候，他生病了。几个月后他去世了。在他们相遇的时候，他还年轻，是控制者，他爱上她，她也一样，他带她转变，让她成为让娜·德·贝格。按照她的说话，这不是什么危险的事情。

有时候，对真相有所忧虑的人猜测这是否真实，他们真能忍受甚至鼓励平行的爱情，难道她真的不曾害怕，而他也一样？他们有些怀疑，因为这事关一位作家，后来是两位。

真相是简单的：这不重要。罗伯-格里耶懂得，从他们相识到结束，他始终观察着他心爱的妻子的变化。他一直说，卡特琳娜启发了他书中的一个人物，《窥视者》中的维奥莱特。一个小姑娘，一个被恶魔吞噬的受害者。那是在 1955 年。四年后，出现了另一个人物，这个人物纠缠着作家，他在给她的信中说道，这是一个难以把握的古怪形象，我们既不明白他做什么，也不知道他要去哪儿，不过这个人物有一个优点：他坚持不懈。这是《在迷宫里》的士兵。在这两个年份间隔的中间是 1957 年，他们成婚的年份。在这两本书之间还有一本《嫉妒》。

不，追求真相并不重要。唯一重要的是诚挚，以及这两人相依为伴，直到死亡将他们分离。仿佛一场旧式婚姻。

今天，卡特琳娜知道，曾经作为作家的妻子，她得到了特权。她提到，艺术家的妻子可以摆脱社会规则，而有社会地位的人的妻子都被迫小心行事。她说的是那个遥远的时代，女人的地位被理解为或者默认为男人地位的背面。那是他们相遇的时代。

今天，她照料花园和他曾经珍爱的树木。她继续完成他们共同的工作，延续自己的工作，年龄既没有减弱让娜·德·贝格的想象力，也没有减弱其执行力。

卡特琳娜拥有过一切：爱情，性自由，变换的乐趣，还有过钻石戒指，貂皮大衣，旅行，里斯塔基安梦想过的路易十四式城堡。她的回忆是欢乐的，并没有因为终局的悲伤，男人生命力的最终消逝而变得灰暗。

今天倾听她的讲述，我会想，他们曾经快活过，他们有过美好的生活。这部分解释了她不怕死。她只是哀叹有一天不能再活着——不能看，不能感受，不能享受生活，太可惜了。

不过，她还在按照自己的时间表过日子。她继续她的仪式，保持着她的权威性。她经常旅行。她一个人填好税单。